Wheat fields of
a lifetime

U0554225

一生的
麦地

刘亮程

著

Wheat fields of
a lifetime

人民文学出版社

图书在版编目（CIP）数据

一生的麦地/刘亮程著. —北京：人民文学出版社，2020
（刘亮程语文课）
ISBN 978-7-02-016170-6

Ⅰ.①一… Ⅱ.①刘… Ⅲ.①散文集—中国—当代②诗集—中国—当代 Ⅳ.①I217.2

中国版本图书馆CIP数据核字(2020)第041647号

责任编辑　陈彦瑾
装帧设计　刘　远
责任校对　韩志慧
责任印制　徐　冉

出版发行　人民文学出版社
社　　址　北京市朝内大街166号
邮政编码　100705
网　　址　http://www.rw-cn.com

印　　刷　三河市宏盛印务有限公司
经　　销　全国新华书店等

字　　数　208千字
开　　本　880毫米×1230毫米　1/32
印　　张　10　插页3
印　　数　1—10000
版　　次　2020年8月北京第1版
印　　次　2020年8月第1次印刷

书　　号　978-7-02-016170-6
定　　价　45.00元

如有印装质量问题,请与本社图书销售中心调换。电话:010-65233595

目　录

辑二　一生的麦地

辑三　一个人的自言自语

辑　一

一个人的村庄

黄沙梁

一、我不知道这个村庄到底有多大

我不知道这个村庄，到底有多大，我住在它的一个角上。我也不知道这个村里，到底住着多少人。天麻麻亮人就出村劳动了，人是一个一个走掉的，谁也不知道谁去了哪里，谁也不清楚谁在为哪件事消磨着一生中的一日。村庄四周是无垠的荒野和地，地和荒野尽头是另外的荒野和村庄。人的去处大都在人一生里，人咋走也还没走出这一辈子。

一辈子里的某一天，人淹没在庄稼和草中，无声地挥动锄头，风吹草低时露一个头顶，腰背酸困时咳嗽两声。

另外一天人不在了，剩下许多个早晨，太阳出来，照着空房子。

二、早晨的人

早晨的人很不真实，恍恍惚惚的，像人从梦中回来的一个个身影。是回来干活的。

活是多少年干熟干惯的，用不着思想和意识。眼睛闭着也不会干错。错也错不到哪里，锨刃就这么宽，锄把就这么长，砍歪挖斜了也还在田间。路会一直把人引到地里。到了地里就没路了，剩下农具和人。人往手心吐一口唾沫，这个身影便动作起来，一下一下，那样地卖着劲，那样地认真持久，像在练一个姿势，一个规定好了一百年不变的动作。却不知练好了教人去干啥。仿佛地之外有一个看不见的舞台。仿佛人一生只是一场无望无休的练习和准备。

一场劳动带来另一场劳动，一群人替换掉另一群人。同一块土地翻来覆去，同一样作物，青了黄，黄了青。劳动——这永远需要擦掉重做的习题，永远地摆在面前。土地扣留了劳动者，也将要挟他们千秋万世的后代们，生时在这片田野上劳作，死后还肥这方土。

多少个早晨，我目睹田野上影影绰绰的荷锄者，他们真实得近乎虚无。他们没有声音，也没有其他声音唤醒他们。这是群真正的劳动者，从黑暗中爬起来，操一把锨便下地干活了。

我不敢相信他们是人。

他们是影子，把更深长的影子投在大地上。

他们是从人那里回来的一个个肉身，是回来干活的。

他们没有苏醒。

三、比早晨更早的一个时辰

比早晨更早的一个时辰，残月村边，疏星屋顶，一只未成年的雏鸡，冒失地叫了两声。人迷迷糊糊醒来，穿好裤子，摸一把锨就下地了。

以后的早晨人再听不到这只雏鸡的鸣叫，它可能从此默默无闻，雄气不振，一辈子在母鸡面前抬不起头。这只没长大的小公鸡，鼓了一嗓子劲，时辰没到抢吼了两声。现在它尴尬地站在暗处，听众鸡的讥笑和责骂，那是另一种方式的鸡鸣：黑暗，琐碎。一个早晨的群鸡齐鸣就这样给唱砸了。

这跟人没关系。

人不是鸡叫醒的。鸡叫不叫是鸡的事情。天亮不亮是天的事情。人心中有自己的早晨，时候到了人会自己醒来。

在大地还一片漆黑的时候，一个人心中的天悄然亮了。他爬起来，操一把农具，穿过鼾声四起的村子，来到一片地里，暗暗地干起一件事。他的心中异常明亮，要干的事清清楚楚摆在面前，根本用不着阳光、月光或灯光去照亮。一个看清了一生事业的人，总是在笼罩众人的黑暗中单独地开始了行动。天亮后当人们醒来，世界的某些地方已发生了变化，一块地被翻过了，新砌的一堵土墙耸在村里，一捆柴火堆放在院子……干活的人却不见了，他或许去做另一件事了，也可能接着睡觉去了。他自己的天早早地亮了又早早地黑了。原先看得很清的一些事渐渐看不见了。也许是被自己干完了，也许活儿悄然隐匿了。他知道属于自己的活儿迟早还会出现在一生里的。

我们挥锄舞镰在阳光明媚的田野上劳动时，多少人还在遥远的梦中，干着比种地更辉煌更轻松也更荒唐的事情。在那些梦中我们一个个莫名其妙地都死了，消失了。大片大片的土地归属了他们，我们漂亮的房子、妻子和儿女留给了他们，还有钱、粮食。在梦中他们制造了这样的结局，大白天见到我们，暗怀心事，神情异样。而当我们昏昏欲睡时，又有多少人悄无声息地干着我们不知道的事情。某一个早晨我们睁开眼睛，村子变成另一副模样。那些早醒的人们改了路，推倒又新盖了房子，把沉睡的我们抬到一边。还重选了村长，重分了地。又像搬家具一样把我们睡着的身体挪到另一间房子的另一张床上。让我们醒来不敢相信，把眼前的现实当做一场梦，恍恍惚惚、轻轻飘飘混完一生中剩余的日子。

每次睡着都是一次人生历险啊。

村庄就是一艘漂浮在时光中的大船，你一睡着，舵便握在了别人手里，他们像运一根木头一麻袋麦子一样把你贩运到另一个日子。多么黑暗的航行啊。你的妻子儿女、牛、房子和家具都在同一条大船上，横七竖八睡在同一片月光里，互不认识。到岸后作为运费，他们从你生命中扣除一个夜晚，从你的屋墙上剥落一片泥皮，从你妻子的容颜上掠去一点美丽……你总是身不由己来到一生中的一些日子，这些日子一天比一天远离你。

四、整个白天村庄都在生长

整个白天只有老人和狗，守着空荡荡的村子。阳光一小步一小步迈过树梢和屋顶。土路朝天，晾晒着人和牲畜深深浅浅的脚印。

花花绿绿的鸡们，早早打完鸣，下完蛋，干完一天的事情，呆站在阴凉处，不知道剩下的半天咋度过去。

公驴像腰挂黑警棍的巡警，从村东闲逛到村西，"黑警棍"

一举一举，除了捣捣空气，找不到可干的正事。

猪像一群大腹便便的暴发户，三五成群，凑到破墙根和烂泥塘里，你拱我的屁股，我咬你的脖子，不住地放着屁，哼哼唧唧，嚷嚷着致富的事。

狗追咬一朵像狗的云，在沙梁上狂奔。一朵云下的黄沙梁，也是时间的浮云一朵。吹散它的风藏在岁月中。

坐在土墙根打盹的老人，头点一下又点一下，这个佝偻的人在岁月中变得服帖，他认了命。

整个白天村庄像一个梦景，人都到地里去了，留下一座空村。你找一个人，只能找到一院空房子，院门紧锁，或者敞开着。一个人的家闲置在光阴里，树静静站立，墙默默开裂，鸟悄悄落到屋顶又飞去。人不在时，阳光一样公平地朗照着每一个院子，不会因为谁不在家而少给谁家一束光明。

你喊一个人的名字，结果叫出一条狗。一条狗又招来好几条狗。一会儿工夫，全村的狗都会叫起来。狗是很齐心的动物，一条狗的事便是所有狗的事。没见过一条狗咬人另一条狗站着冷眼旁观。即使那些离得太远或拴在院子里不能赶来的狗，听到同类的吠叫也会远远地呼应几声，以壮狗势。

人在远远近近的地里，听到狗叫会不由抬头朝村里张望。比人还高的庄稼和草挡住人的眼睛。人在心里嘀咕一句：是谁进了村子。而后原低下头干自己的事。谁也不会因为狗叫两声而扔下锄头跑回村里看个究竟。人们很放心地把一个村庄扔在大白天的原野上，却从不敢粗心地把一捆柴火放在夜里的屋外。他们只相信白天。白天房前屋后的树在阳光下静静地长着叶子，家畜们在树荫下纳凉。太阳晒透的厚厚土墙，一直将温暖保留到晚上。整个白天家都在生长，人们远远走开，任村庄静静长荒。

你要找的那个人，此刻就在村庄周围的某一块地里，悄无声息地干着自己的一件事。他不老也不年轻，无论你哪年哪月见到他，都是这副不变的样子。似乎生死枯荣只是草木和庄稼的事，跟他毫无关系。他的锨不快也不钝，锨把不细也不粗，干活的动作不紧也不慢。他不知道你来找他。知道了他会哪都不去在家等你，不管你找他的事多么不重要。他生活在如此偏远的一个村子，一辈子都不会有几个人来找他。

他过着一生中一个又一个平平常常的日子，摆在眼前的活，还和昨天一样多、一样重，也一样轻松。生活就是这样，并不因为你生活了多少年日子就会变得好过。农活更是如此，不是你干掉一件它就会少一件。活是干不完的，你只有慢慢地干着活把自己的一生消磨完。活是个好伴儿，尤其农活，每年都一样多，一样长短的季节。你不用担心哪一年的活会把你压得喘不过气，也别指望哪一年会让你闲得没事。活均匀地摊在一辈子里。除非你想把它攒堆，高高地堆在一生中的某个时期。许多人年轻时都这样，手伸得长长，把本该是好多年后干的事情统统揽到某一年里，他们自以为年轻力盛，用一年时间就能把一辈子的活干完。事实证明，他们忙到老都没有闲下来。

活是人干出来的。

有些活，不干也就没有了。

干起来一辈子干不完。

懂得这个道理的人，此刻正仰面朝天，躺在另一块地头的荒草中。他知道这辈子也不会有人来找他，更不会有人找到他。他在世上只活几十年，几十年一过，他啥都不管就走了。他不想揽太多的活，沾惹太多的事情，结交太多的人。他的锄头扔在地中，他和你要找的那个人一样，有一地玉米，地里也有锄不完的草，但他不急。草是慢慢长出来的，他要慢慢地用几年、几十年时间去锄。草很小很矮时，他会整天躺在地头，心想：等草长高些再锄它吧，草生一次也不易，就让它多长几日，把头探进风里，有花的开几朵花，没花的长几片叶，然后再锄掉它也不迟。可是，等草长到比玉米还高时，他便干脆不锄了：既然庄稼没长成，多收些草回去也不是坏事。

　　每天早晨，他和人们一起扛着锄头离开村子，没人知道这一天里他都干了些啥。天黑时他又混在收工的人群中回到村里。其实，即使他躺在家里睡上一年也没有人管。但他不这样，他喜欢躺在草中，静静地倾听谷物生长的声音，人和牲畜走动的声音。人寂静下来的时候，就会听到远远近近许多事物的声音。它们组合在一起，成为大地的声音，天空的声音。一个人在荒野中，静静地倾听上一年、两年，就会听上瘾，再不愿多说一句话，多走一步路。他明白了大地的和声并不缺少他这一声，却永远缺少他这样一个倾听者。

五、劳动是件荒凉的事情

　　劳动的人把名字放在家里出去了。

　　劳动不需要姓名。

　　那是一个人远离另一个人的孤远劳动。一村庄人远离另一村庄人。

　　同行的老牛不会喊出你的名字。它顶多对你哞一声，像对其他牲口那样。手中的锹只感到你逐渐消失的力气。你引水浇灌的麦田不会记住你的名字，那些在六月的骄阳下缓缓抬起头来的麦穗不会望见你，它遍地的拔节声中没有一声因你而响为你而呼。黄昏时你牵牛途经的一片坡地上，一种不知名的草正默默结束花期，它不为你开也不为你凋谢。多少年来你遇见多少次与你无关的花开花落，你默默打它们身边走过，它们不认识你。

劳动是件荒凉的事情。像四处蔓延的草，像东刮西刮的风，像风中的草屑和尘土，像只有一行脚印的路……在一个人的一生里，在一村庄人的一生里，劳动是件荒凉的事情。

隐身劳动的人，成为荒野的一部分。

人的忧郁是一棵草一只鸟的忧郁，没有名字。人的快乐是一头猪一粒虫的快乐，没有名字。秋天，粮食不会按姓名走到谁家里。粮食是一群盲者，顺着劳动之路，回到劳动者心里。

也往往错走到不劳动的人手里。

名字不是人的地址。人没有名字也能活到老。人给牲口起名，是为使唤起来方便。有名字的牲口注定要为名字劳苦一辈子。

人把所有的芦苇都叫芦苇，把所有的羊都叫羊。它们没有单个的名字。单个的名字在它们心里。人没必要知道。

试想，一株叫刘二的草生长在浩莽的草野中，它必会为名字而争风水，抢阳光，出人头地。也会为名字而孤芳自赏，离群孑立。而作为旁观者的人，永远不会从一野的风声中单独地分辨出某一株草的声音。

劳动也是一样的。

你打的粮他打的粮到秋天都会被一车拉走，入到一个大仓里。谁也不会在吞食它们时想到这一粒是张三家的麦子，那一粒是王五家的玉米。

一个人在暗处处理着自己的事情。一村庄人在暗处处理着各自的事情。这是一大片原野上的事情。

就像草，看起来每一株都孤立生长着，有各自的根、茎和叶子，有各自的长势和风姿。可是风一刮一大片都倒了，天一旱一大片都黄了，春天一到一野都绿了。

这不是哪个人的事情。你只是一个干活的人，干着你身边手边的那一份。你在心里知道自己就行了。

你干完的活，别人不会再找到。你把它干掉了。

名字是件没啥实际用处的家什，摆设在人的一生里。一村庄人的名字就像一堆废铁，叮叮当当扔了一地。

那些一辈子没人叫两声的名字，叫不了几年便仓促扔掉的名字，无人怀念的名字，被自己弄脏又擦得锃亮的名字，牛棚一样潦草的名字……现在，都扔在村里，谁也没有跑出去。

黄昏的时候，名字对着荒野呼喊人，声音比最细微的风声还轻，直达人的内心。每个人听见的都是自己的名字。每个名字只有一个去处。

被名字呼喊的人，从黄土中缓缓抬起身，男人、女人、剩一架骨头的人，听到名字的呼喊会扔下活往家走。荒芜一天的人，此刻走在回家途中，不远处泥屋简单的家使这群劳动的人有名有姓。

没有名字的人还将无休止地埋身劳动。没有名字的人像草一样，一个季节一个季节地荒凉下去。

六、对一个村庄的认识

对于黄沙梁，我或许看不深也看不透彻，我的一生局限了我，久居乡野的孤陋生活又局限了我的一生。

可是谁又能不受局限呢。那些走遍天下学识渊博的人，不也没到过黄沙梁吗。他们熟知世间一切深奥的道理却不认得这个村里的路。

我全部的学识是我对一个村庄的见识。我在黄沙梁出生，花几十年岁月长成大人，最终老死在村里。死后肯定还是埋在村庄附近。这便注定了我生死如一地归属于这片土地，来来回回经过那块地那几间房子，低头抬头看见那一群人。生活单调得像篇翻不过去的枯涩课文，硬逼着我将它记熟、背会，印在脑海灵魂里。除了荒凉这唯一的读物，我的目光无处可栖。

我在村里住久了，便掌握了这个村庄的很多秘密。比如王家腌了几缸咸菜喂了几头驴。李家粮仓里还有几担麦子箱子里还有多少钱。夜晚走在村里，凭土地的颤动我就能断定谁家夫妻正在做爱事，谁家男人正往地上打桩、墙上钉橛子。分清牛和马的脚步声只需一年零六个月工夫。而黑暗中一前一后走来的两个人，极容易被误认成四条腿的驴。真正认识一个村庄很不容易，你得长久地、一生一世地潜伏在一个村庄里，全神贯注留心它的一草一木一物一事。这样到你快老的时候，才能勉强知道最基本的一点点。在村里溜达一圈走掉的人，如果幸运的话，顶多能踩走一脚牛粪。除此他们能得到什么呢。

那些季节中悠然成熟的麦子，并不为谁而熟，我们收回它们，我们并不是收获者。一年中有一次，麦子忘了回家，我们就得走好几年穷路。那些岁月中老掉的人，常老于一件事情，随便的一件事，就可消磨掉人的一辈子。想想吧，这些事情有多厉害。我不说出来你会以为什么大事耗掉了人的岁月和经历。那些看起来很小的事到底有多大谁也不清楚。

　　我在这个村庄活了多少年，我只看见它的一个早晨，一个中午和一个黄昏，然后，我便什么都不知道了。

远离村人

　　他们都回去了。我一个人留在野地上，看守麦垛。得有一个月时间，他们才能忙完村里的活儿，腾出手回来打麦子。野地离村子有大半天的路，也就是说，一个人不能在一天内往返一次野地。这是大概两天的路程，你硬要一天走完，说不定你走到什么地方，天突然黑了，剩下的路可就不好走了。谁都不想走到最后，剩下一截子黑路。是不是。

　　紧张的麦收结束了。同样的劳动，又在其他什么地方开始，这我能想得出。我知道村庄周围有几块地。他们给我留下够吃一个月的面和米，留下不够炒两顿菜的小半瓶清油。给我安排活儿的人，临走时又追加了一句：别老闲着望天，看有没有剩下的活儿，主动干干。

　　第二天，我在麦茬地走了一圈，发现好多活儿没有干完，麦子没割完，麦捆没有拉完。可是麦收结束了，人都回去了。

　　在麦地南边，扔着一大捆麦子。显然是拉麦捆的人故意漏装的。地西头则整齐地长着半垄麦子。即使割完的麦垄，也在最后剩下那么一两镰，不好看地长在那里。似乎人干到最后已没有一丝耐心和力气。

我能想到这个剩下半垄麦子的人，肯定是最后一个离开地头。在那个下午的斜阳里，没割倒的半垄麦子，一直望着扔下它们的那个人，走到麦地另一头，走进或蹲或站的一堆人里，再也认不出来。

麦地太大。从一头几乎望不到另一头。割麦的人一人把一垄，不抬头地往前赶，一直割到天色渐晚，割到四周没有了镰声，抬起头，发现其他人早割完回去了，剩下他孤零零的一垄。他有点急了，弯下腰猛割几镰，又茫然地停住。地里没一个人。干没干完都没人管了。没人知道他没干完，也没人知道他干完了。验收这件事的人回去了。他一下泄了气，瘫坐在麦茬上，愣了会儿神：尿，不干了。

我或许能查出这个活儿没干完的人。

我已经知道他是谁。

但我不能把他喊回来，把剩下的麦子割完。这件事已经结束，更紧迫的劳动在别处开始。剩下的事情不再重要。

以后几天，我干着许多人干剩下的事情，一个人在空荡荡的麦地里转来转去。我想许多轰轰烈烈的大事之后，都会有一个收尾的人，他远远地跟在人们后头，干着他们自以为干完的事情。许多事情都一样，开始干的人很多，到了最后，便成了某一个人的。

我每天的事：早晨起来望一眼麦垛。总共五大垛，一溜排开。

整个白天可以不管它们。到了下午，天黑之前，再朝四野里望一望，看有无可疑的东西朝这边移动。

这片荒野隐藏着许多东西。一个人，五垛麦子，也是其中的隐匿者，谁也不愿让谁发现。即使是树，也都蹲着长，躯干一屈再屈，枝丫伏着地伸展。我从没在荒野上看见一棵像杨树一样高扬着头，招摇而长的植物。有一种东西压着万物的头，也压抑着我。

有几个下午我注意到西边的荒野中有一个黑影在不断地变大。我看不清那是什么，它孤孤地蹲在那里，让我几个晚上没睡好觉。若有个东西在你身旁越变越小最后消失了，你或许一点不会在意。有个东西在你身边突然大起来，变得巨大无比，你便会感到惊慌和恐惧。

早晨天刚亮我爬起来，看见那个黑影又长大了一些。再看麦垛，似乎一夜间矮了许多。我有点担心，扛着锨小心翼翼地走过去，穿过麦地走了一阵，才看清楚，是一棵树。一棵枯死的老胡杨树突然长出许多枝条和叶子。我围着树转了一圈。许多叶子是昨晚上才长出来的，我能感觉到它的枝枝叶叶还在长，而且会长得更加蓬蓬勃勃。我想这棵老树在熬过了一个干旱夏天后，它的某一条根，突然扎到了土地深处的一个旺水层。我想一定是这样的。

能让一棵树长得粗壮兴旺的地方，也一定会让一个人活得像模像样。往回走时，我暗暗记住了这个地方。那时，我刚刚开始模糊地意识到，我已经放任自己像植物一样去随意生长。我的胳膊太细，腿也不粗，胆子也不大，需要长的东西很多。多少年来我似乎忘记了生长。

随着剩下的事情一点一点地干完，莫名的空虚感开始笼罩草棚。活儿干完了，镰刀和铁锨扔到一边。孤单成了一件事情。寂寞和恐惧成了一件大事情。

我第一次感到自己是一个，而它们——成群地、连片地、成堆地对着我。我的群落在几十里外的黄沙梁村里。此时此刻，我的村民帮不了我，朋友和亲人帮不了我。

我的寂寞和恐惧是从村里带来的。

每个人最后都是独自面对剩下的寂寞和恐惧，无论在人群中还是在荒野上。那是他一个人的。

就像一粒虫、一棵草，在它浩荡的群落中孤单地面对自己的那份欢乐和痛苦。其他的虫、草不知道。

一棵树枯死了，提前进入了比生更漫长的无花无叶的枯木期。其他的树还活着，枝繁叶茂。阳光照在绿叶上，也照在一棵枯树上。我们看不见一棵枯树在阳光中生长着什么，它埋在地深处的根在向什么地方延伸。死亡以后的事情，我们不知道。

一个人死了，我们把它搁过去——埋掉。

我们在坟墓旁边往下活。活着活着，就会觉得不对劲：这条路是谁留下的。那件事谁做过了。这句话谁说过。那个女人谁爱过。

我在村人中生活了几十年，什么事都经过了，再待下去，也不会有啥新鲜事。剩下的几十年，我想在花草中度过，在虫鸟水土中度过。我不知道这样行不行，或许村里人会把我喊回去，让我娶个女人生养孩子。让我翻地，种下一年的麦子。他们不会让我闲下来，他们必做的事情，也必然是我的事情。他们不会知道，在我心中，这些事情早就结束了。

如果我还有什么剩下要做的事情，那就是一棵草的事情，一粒虫的事情，一片云的事情。

我在野地上还有十几天时间，也可能更长。我正好远离村人，做点自己的事情。

走向虫子

一只八条腿的小虫，在我的手指上往前爬，爬得慢极了，走走停停，八只小爪踩上去痒痒的。停下的时候，就把针尖大的小头抬起往前望。然后再走。我看得可笑。它望见前面没路了吗，竟然还走。再走一小会儿，就是指甲盖，指甲盖很光滑，到了尽头，它若悬崖勒不住马，肯定一头栽下去。我正为这粒小虫的短视和盲目好笑，它已过了我的指甲盖，到了指尖，头一低，没掉下去，竟从指头底部慢慢悠悠向手心爬去了。

这下该我为自己的眼光羞愧了，我竟没看见指头底下还有路。走向手心的路。

人的自以为是使人只能走到人这一步。

虫子能走到哪里，我除了知道小虫一辈子都走不了几百米，走不出这片草滩以外，我确实不知道虫走到了哪里。

一次我看见一只蜣螂滚着一颗比它大好几倍的粪蛋，滚到一个半坡上。蜣螂头抵着地，用两只后腿使劲往上滚，费了很大劲才滚动了一点点。而且，只要蜣螂稍一松劲，粪蛋有可能原滚下去。我看得着急，真想伸手帮它一把，却不知蜣螂要把它弄到哪。朝四周看了一圈也没弄清哪是蜣螂的家，是左边那棵草底下，还是右边那几块土坷垃中间。假如弄明白的话，我一伸手就会把这个对蜣螂来说沉重无比的粪蛋轻松拿起来，放到它的家里。我不清楚蜣螂在滚这个粪蛋前，是否先看好了路，我看了半天，也没看出朝这个方向滚去有啥好去处，上了这个小坡是一片平地，再过去是一个更大的坡，坡上都是草，除非从空中运，或者蜣螂先铲草开一条路，否则粪蛋根本无法过去。

或许我的想法天真，蜣螂根本不想把粪蛋滚到哪去。它只是做一个游戏，用后腿把粪蛋滚到坡顶上，然后它转过身，绕到另一边，用两只前爪猛一推，粪蛋骨碌碌滚了下去，它要看看能滚多远，以此来断定是后腿劲大还是前腿劲大。谁知道呢。反正我没搞清楚，还是少管闲事。我已经有过教训。

那次是一只蚂蚁，背着一条至少比它大二十倍的干虫，被一个土块挡住。蚂蚁先是自己爬上土块，用嘴咬住干虫往上拉，试了几下不行，又下来钻到干虫下面用头顶，竟然顶起来，摇摇晃晃，眼看顶上去了，却掉了下来，正好把蚂蚁碰了个仰面朝天。蚂蚁一骨碌爬起来，想都没想，又换了种姿势，像那只蜣螂那样头顶着地，用后腿往上举。结果还是一样。但它一刻不停，动作越来越快，也越来越没效果。

我猜想这只蚂蚁一定是急于把干虫搬回洞去。洞里有多少孤老寡小在等着这条虫呢。我要能帮帮它多好。或者，要是再有一只蚂蚁帮忙，不就好办多了吗。正好附近有一只闲转的蚂蚁，我把它抓住，放在那个土块上，我想让它站在上面往上拉，下面的蚂蚁正拼命往上顶呢，一拉一顶，不就上去了吗。

可是这只蚂蚁不愿帮忙，我一放下，它便跳下土块跑了。我又把它抓回来，这次是放在那只忙碌的蚂蚁的旁边，我想是我强迫它帮忙，它生气了。先让两只蚂蚁见见面，商量商量，那只或许会求这只帮忙，这只先说忙，没时间。那只说，不白帮，过后给你一条虫腿。这只说不行，给两条。一条半，那只还价。

我又想错了。那只忙碌的蚂蚁好像感到身后有动静，一回头看见这只，二话没说，扑上去就打。这只被打翻在地，爬起来仓皇而逃。也没看清咋打的，好像两只牵在一起，先是用口咬，接着那只腾出一只前爪，抢开向这只脸上扇去，这只便倒地了。

那只连口气都不喘，回过身又开始搬干虫。我真看急了，一伸手，连干虫带蚂蚁一起扔到土块那边。我想蚂蚁肯定会感激这个天降的帮忙。没想到它生气了，一口咬住干虫，拼命使着劲，硬要把它原搬到土块那边去。

我又搞错了。也许蚂蚁只是想试试自己能不能把一条干虫搬过土块，我却认为它要搬回家去。真是的，一条干虫，我会搬它回家吗。

也许都不是。我这颗大脑袋，压根不知道蚂蚁那只小脑袋里的事情。

铁锨是个好东西

我出门时都扛着铁锨。铁锨是这个世界伸给我的一只孤手，我必须牢牢握住它。

铁锨是个好东西。

我在野外走累了，想躺一阵，几锨就会铲出一块平坦的床来。顺手挖两锨土，就垒一个不错的枕头。我睡着的时候，铁锨直插在荒野上，不同于任何一棵树一杆枯木。有人找我，远远会看见一把锨。有野驴野牛飞奔过来，也会早早绕过铁锨，免得踩着我。遇到难翻的梁，虽不能挖个洞钻过去，碰到挡路的灌木，却可以一锨铲掉。这棵灌木也许永不会弄懂挨这一锨的缘故——它长错了地方，挡了我的路。我的铁锨毫不客气地断了它一年的生路。我却从不去想是我走错了路，来到野棘丛生的荒地。不过，第二年这棵灌木又会从老地方重长出一棵来，还会长到这么高，长出这么多枝杈，把我铲开的路密密封死。如果几年后我从原路回来，还会被这一棵挡住。树木不像人，在一个地方吃了亏下次会躲开。树仅有一条向上的生路。我东走西走，可能越走越远，再回不到这一步。

在荒野上我遇到许多动物，有的头顶尖角，有的嘴龇利牙，有的浑身带刺，有的飞扬猛蹄，我肩扛铁锨，互不相犯。

我还碰到过一匹狼。几乎是迎面遇到的。我们在相距约二十米处同时停住。狼和我都感到突然——两个低头赶路的敌对动物猛一抬眼，发现彼此已经照面，绕过去已不可能。狼上上下下打量着我。我从头到尾注视着狼。这匹狼看上去就像一个穷叫花子，毛发如秋草黄而杂乱，像是刚从刺丛中钻出来，脊背上还少了一块毛。肚子也瘪瘪的，活像一个没支稳当的骨头架子。

看来它活得不咋样。

这样一想倒有了一点优越感。再看狼的眼睛，也似乎可怜兮兮的，像在乞求：你让我吃了吧。你就让我吃了吧。我已经几天没有吃东西了。

狼要是吃麦子，我会扔给它几捆子。要是吃饭，我会为它做一顿。问题是，狼非要吃肉。吃我腿上的肉，吃我胸上的肉，吃我胳膊上的肉，吃我脸上的肉。在狼天性的孤独中我看到它选择唯一食物的孤独。

我没看出这是匹公狼还是母狼。我没敢把头低下朝它的后裆里看，我怕它咬断我的脖子。

在狼眼中我又是啥样子呢。狼那样认真地打量着我，从头到脚，足足有半小时，最后狼悻悻地转身走了。我似乎从狼的眼神中看见了一丝失望——一个生命对另一个生命的失望。我不清楚这丝失望的全部含义。我一直看着狼翻过一座沙梁后消失。我松了一口气，放下肩上的铁锨，才发现握锨的手已出汗。

这匹狼大概从没见过扛锨的人，对我肩上多出来的这一截东西眼生，不敢贸然下口。狼放弃了我。狼是明智的。不然我的锨刃将染上狼血，这是我不愿看到的。

我没有狼的孤独。我的孤独不在荒野上，而在人群中。人们干出的事情放在这里，即使最无助时我也不觉孤独和恐惧。假若有一群猛兽飞奔而来，它会首先惊愕于荒野中的这片麦地，以及耸在地头的高大麦垛，而后对站在麦垛旁手持铁锨的我不敢轻视。一群野兽踏上人耕过的土地，踩在人种出的作物上，也会像人步入猛兽出没的野林一样惊恐。

人们干出的事情放在土地上。

人们把许多大事情都干完了。剩下些小事情。人能干的事情也就这么多了。

而那匹剩下的孤狼是不是人的事情。人迟早还会面对这匹狼，或者消灭或者让它活下去。

我还有多少要干的事情。哪一件不是别人干剩下的——我自己的事情。如果我把所有的活儿干完，我会把铁锨插在空地上远去。

曾经干过多少事情，刃磨短磨钝的一把铁锨，插在地上。

是谁最后要面对的事情。

最大的事情

我在野地只待一个月（在村里也就住几十年），一个月后，村里来一些人，把麦子打掉，麦草扔在地边。我们一走，不管活儿干没干完，都不是我们的事情了。

老鼠会在仓满洞盈之后，重选一个地方打新洞。也许就选在草棚旁边，或者草垛下面。草棚这儿地势高，干爽，适合人筑屋鼠打洞。麦草垛下面隐蔽、安全，麦秆中少不了有一些剩余的麦穗麦粒，足够几代老鼠吃。

鸟会把巢筑在草棚上，在伸出来的那截木头上，涂满白色鸟粪。

野鸡会从门缝钻进来，在我们睡觉的草铺上，生几枚蛋，留一地零乱羽毛。

这些都是给下一年来到的人们留下的麻烦事情。下一年，一切会重新开始。剩下的事将被搁在一边。

如果下一年我们不来。下下一年还不来。

如果我们永远地走了，从野地上的草棚，从村庄，从远远近近的城市。如果人的事情结束了，或者人还有万般未竟的事业，但人没有了。再也没有了。

那么，我们干完的事，将是留在这个世界上的——最大的事情。

别说一座钢铁空城、一个砖瓦村落，仅仅是我们弃在大地上的一间平常的土房子，就够他们多少年收拾。

草大概用五年时间，长满被人铲平踩瓷实的院子。草根蛰伏在土里，它没有死掉，一直在土中窥听地面上的动静。一年又一年，人的脚步在院子里走来走去，时缓时快，时轻时沉。终于有一天，再听不见了。草根试探性地拱破地面，发一个芽，生两片叶，迎风探望一季，确信再没锨来铲它，脚来踩它，草便一棵一棵从土里钻出来。这片曾经是它们的土地已面目全非，且怪模怪样地耸着一间土房子。

草开始从墙缝往外长，往房顶上长。

而房顶的大木梁中，几只蛀虫正悄悄干着一件大事情。它们打算用八十七年，把这棵木梁蛀空。然后房顶塌下来。

与此同时，风四十年吹旧一扇门上的红油漆，雨八十年冲掉墙上的一块泥皮。

厚实的墙基里，一群蝼蚁正一小粒一小粒往外搬土。它们把巢筑在墙基里，大蝼蚁在墙里死去，小蝼蚁又在墙里出生。这个过程没有谁能全部经历，它太漫长，大概要一千八百年，墙根就彻底毁了。曾经从土里站起来，高出大地的这些土，终归又倒塌到泥土里。

但要完全抹平这片土房子的痕迹，几乎是不可能。

不管多大的风，刮平一道田埂也得一百年工夫。人用旧扔掉的一只瓷碗，在土中埋三千年仍纹丝不变。而一根扎入土地的钢筋，带给土地的将是永久的刺痛。几乎没有什么东西能够消磨掉它。

除了时间。

时间本身也不是无限的。

所谓永恒，就是消磨一件事物的时间完了，这件事物还在。

时间再没有时间。

通驴性的人

我四处找我的驴,这畜牲正当用的时候就不见了。驴圈里空空的。我查了查行踪——门前土路上一行梅花篆的蹄印是驴留给我的条儿,往前走有几粒墨黑的鲜驴粪蛋算是年月日和签名吧。我捡起一粒放在嘴边闻闻,没错,是我的驴。这阵子它老往村西头跑,又是爱上谁家的母驴了。我一直搞不清驴和驴是怎么认识的,它们无名无姓,相貌也差不多,唯一好分辨的也就是公母——往裆里乜一眼便了然。

正是人播种的大忙季节,也是驴发情的关键时刻。两件绝顶重要的事对在一起,人用驴时驴也正忙着自己的事——这事比拉车犁地还累驴。土地每年只许人播种一次,错过这个时节种啥都白种。母驴在一年中也只让公驴沾一次身,发情期一过,公驴再纠缠都是瞎骚情。

我没当过驴,不知道驴这阵子咋想的。驴也没做过人。我们是一根缰绳两头的动物,说不上谁牵着谁。时常脚印跟蹄印像是一道的,最终却走不到一起。驴日日看着我忙忙碌碌做人,我天天目睹驴辛辛苦苦过驴的日子。我们是彼此生活的旁观者、介入者。驴长了膘我比驴还高兴。我种地赔了本驴比我更垂头丧气。驴上陡坡陷泥潭时我会毫不犹豫地将绳搭在肩上，四蹄趴地做一回驴。

我炒菜的油香飘进驴圈时，驴圈里的粪尿味也窜入门缝。

我的生活容下了一头驴、一条狗、一群杂花土鸡、几只咩咩叫的长胡子山羊，还有我漂亮可爱的妻子女儿。我们围起一个大院子、一个家。这个家里还会有更多生命来临：树上鸟、檐下燕子、冬夜悄然来访的野兔……我的生命肢解成这许许多多的动物。从每个动物身上我找到一点自己。渐渐地我变得很轻很轻，我不存在了，眼里唯有这一群动物。当它们分散到四处，我身上的某些部位也随它们去了。有一次它们不回来，或回来晚了，我便不能入睡。我的年月成了这些家畜们的圈。从喂养、使用到宰杀，我的一生也是它们的一生。我饲养它们以岁月，它们饲养我以骨肉。

我觉得我和它们处在完全不同的时代。社会变革跟它们没一点关系，它们不参与，不打算改变自己。人变得越来越聪明时，它们还是原先那副憨厚样子，甚至拒绝进化。它们的身体和心灵都停留在远古。当人们抛弃一切进入现代，它们默默无闻伴前随后，保持着最质朴的品质。我们不能不饲养它们。同样，也不能不宰杀它们。我们的心灵拒绝它们时，胃却离不开它们。

也就是说，我们把牲畜一点不剩地接受了，除了它们同样憨厚的后代，我们没给牲畜留下什么，牲畜却为我们留下过冬的肉，以后好多年都穿不破的皮衣。还有，那些永远说不清道不明白的思绪。

有一次我小解，看见驴正用一只眼瞅我裆里的东西，眼神中带着明显的藐视和嘲笑。我猛然羞愧自卑起来——我在站满男人的浴池洗澡时，在脱光排成一队接受医生体检时，在七八个男生的大宿舍排老大、老二、老三时，甚至在其他有关的任何场合，都没自卑过。相反，却带着点自豪与自信。和驴一比，我却彻底自卑了。在驴面前我简直像个未成年的孩子。我们穿衣穿裤，掩饰身体隐秘的行为被说成文明。其实是我们的东西小得可怜，根本拿不出来。身旁一头驴就把我比翻了。瞧它活得多洒脱，一丝不挂。人穿衣乃遮羞掩丑。驴无丑可遮。它的每个部位都是最优秀的。它没有阴部。它精美的不用穿鞋套袜的蹄子，浑圆的脊背和尻蛋子，尤其两腿间粗大结实、伸缩自如的那一截子，黑而不脏，放荡却不下流。

自身比不了驴，只好在身外下功夫。我们把房子装饰得华丽堂皇，床铺得柔软又温暖。但这并不比驴睡在一地乱草上舒服。咋穿戴打扮我们也不如驴那身皮毛自然美丽，货真价实。

驴沉默寡言，偶尔一叫却惊天地泣鬼神。我的声音中偏偏缺少亢奋的驴鸣，这使我多年来一直默默无闻。常想驴若识字，我的诗歌呀散文呀就用不着往报刊社寄了。写好后交给驴，让它用激昂的大过任何一架高音喇叭的鸣叫向世界宣读，那该有多轰动。我一生都在做一件无声的事，无声地写作，无声地发表。我从不读出我的语言，读者也不会，那是一种更加无声的哑语。我的写作生涯因此变得异常寂静和不真实，仿佛一段黑白梦境。我渴望我的声音中有朝一日爆炸出驴鸣，哪怕以沉默十年为代价，换得一两句高亢鸣叫我也乐意。

多少漫长难耐的冬夜，我坐在温暖的卧室喝热茶看书，偶尔想到阴冷圈棚下的驴，它在看什么，跟谁说话。

　　总觉得这鬼东西在一个又一个冷寂的长夜，双目微闭，冥想着一件又一件大事。想得异常深远、透彻，超越了任何一门哲学、玄学、政治经济学。天亮后我牵着它拉车干活时，并不知道牵着的是一位智者、圣者。它透悟几千年的人世沧桑，却心甘情愿被我们这些活了今日不晓明天的庸人牵着使唤。幸亏我们不知道这些，知道了又能怎样呢，难道我们会因此把驴请进家，自己心甘情愿去做驴拉车住阴冷驴圈。

　　我是通驴性的人。而且我认为，一个人只有通了驴性，方能一通百通，更通晓人性。不妨站在驴一边想想人。再回过头站在人一边想想驴。两回事搁在一块想久了，就变成一回事。驴的事也成了人的事，人的事也成了驴的事。实际上生活的处境常把人畜搅得难分彼此。

　　每当驴发情的喜庆日子，我宁可自己多受点累也绝不让我的驴筋疲力尽，在母驴面前丢我的人。村里人议论张家的驴没本事，连最矮的母驴都爬不上去。说李家的驴举而不坚。说王家的驴是瞎孙，那东西上不长眼睛。我绝不许刘家的驴落此劣名。每当别人夸我的驴时，我都像自己受了夸一般窃喜无比。我把省吃的精粮拌给驴吃，我生怕它没精神。我和妻子荒睡几个晚上不要紧，人一年四季都可亲近，不在乎一夜半宿。可驴干的是面子上的事。驴是代表我当着全村男人女人的面耀威扬雄。驴不行村里人会说这家男人不行。在村里啥弄不好都会怪男人的。地不出苗是男人没本事。瓜不结果是男人功夫不到。连母羊不下羔都轮不到公羊负责。好在我的驴年年为我争光长面子。

它是多么通人性的驴啊，风流了大半日回来，汗流浃背，也不休息一下便径直走到棚下，拉起车帮我干活了。驴的舒服和满足通过缰绳传到我身上。缰绳是驴和我之间的忠实导线。我的激动、兴奋和无可名状的情绪也通过缰绳传递给驴。一根绳那头的生命，幸福、遥远、鬼祟、望尘莫及。它连干七八头母驴剩下的劲，都比我大得多。有时嫉妒地想，驴的那东西或许本来是我的，结果错长在驴身上。要么我的欲望是驴的。我瘦小羸弱的躯体上负载着如此多如此强烈的大欲望，而那些雄健无比的大生命却优哉游哉。它们身佩大壮之器，只把雄心壮志空留给我，任这个弱小身子去折腾、去骚动、去拼命。

驴不会把它的东西白给我，我也不会将拥有的一切让给驴。好好做人是我的心愿，乖乖当驴是驴的本分。无论乖好与否，在我卑微的一生中，都免不了驴一般被人使唤，放弃自己想做的事，想住的房子，想爱的人乃至想说的话。一旦鞭子握在别人手里，我会首先想到驴，宁肯爬着往前走绝不跪着求生存，把低贱卑微的一生活得一样自在、风流且亢奋，而且并不因此压低嗓门，低声下气，用激扬的鸣叫压过沸沸人声。必要时，还要学一点"拉着不走打着后退"的倔犟劲。驴也好，人也好，永远都需要一种无畏的反抗精神。

驴对人的反抗恰恰是看不见的。它不逃跑，不怒不笑（驴一旦笑起来是什么样子）。你看不出它在什么地方反抗你，抵制了你，伤害了你。对驴来说，你的一生无胜利可言，当然也不存在遗憾。你活得不如人时，看看身边的驴，也就好过多了。驴平衡了你的生活，驴是一个不轻不重的砝码。你若认为活得还不如驴时，驴也就没办法了。驴不跟你比。跟驴比时，你是把驴当成别人或者把自己当成驴。驴成了你和世界间的一个可靠系数，一个参照物。你从驴背上看世界时，世界正从驴胯下看你。

所以卑微的人总要养些牲畜在身旁方能安心活下去。所以高贵的人从不养牲畜而饲一群卑微的人在脚下。

世界对于任何一个人都是强大的，对驴则不然。驴不承认世界，它只相信驴圈。驴通过人和世界有了点关系，人又通过另外的人和世界相处。谁都不敢独自直面世界，但驴敢，驴的高亢鸣叫是对世界的强烈警告。

我找了一下午的驴回来，驴正站在院子里，那神情好像它等了我一下午。驴瞪了我一眼，我瞪了驴一眼。天猛然间黑了。夜色填满我和驴之间的无形距离，驴更加黑了。我转身进屋时，驴也回身进了驴圈。我奇怪我们竟没在这个时候走错。夜再黑，夜空是晴朗的。

冯四

很多年，我注意着冯四这个人。

我没有多少要干的事。除了比较细微地观察牲口，我也留意活在身边的一些人，听他们说话、吵架，谈论收成和女人，偶尔不冷不热地插上两句。从这些不同年龄的人身上，我能清楚地看到我活到这些年龄时会有多大意思。一个人一出世，他的全部未来便明明白白摆在村里。当你十五岁或二十岁的时候，那些三十岁、五十岁、七十岁的人便展示了你的全部未来。而当你八十岁时，那些四十岁、二十岁、十岁的人们又演绎着你的全部过去。你不可能活出另一种样子——比他们更好或更差劲。活得再潦倒也不过如冯四，家徒四壁，光棍一世，做了一辈子庄稼人没给自己留下种子。再显贵也不过如马村长，深宅大院、牛羊马成群，走在村里昂首挺胸，老远就有人奔过去和他打招呼。我十四岁时羡慕过住在村头的马贵，每天早晨，我看着他乐颠颠地伴着新娘下地干活，晚上一块儿回到家里吃饭睡觉。那段时间，我常想，能活到马贵这份上，夜夜搂着新娘睡觉真是美死了。不到三十岁我便有了一个比马贵的新娘要娇艳十倍百倍的新娘子。从那以后我就谁都不羡慕了。我觉得在这个村里，活得跟谁一样都是不坏的一生。一个人投生到黄沙梁，生活几十年，最后死掉。这是多么简单纯粹的一生。难道还会有比这更合适的活法。

有一天我活得不像这个村的人时，我肯定已变成另一种动物。多少年我对村人的仔细观察是学习也是用心思索。我生怕一生中活漏掉几大段岁月，比如有一个好年成他们赶上了，而我因一件鸡毛蒜皮的小事出了远门，或者在我的生活中忽视了像挖鼻孔、翻眼睛、撇嘴这样有意思的小动作。这样我的一生就不完整了，丢三落四。许多干了大事业的人，临终前都遗憾地发现他们竟没干过或没干成一两样平常小事。接近平凡更需要漫长一生的不懈努力。像我，更多时候，也只能隔着一条路，一块长满荒草的地或几头牛这样的距离与村人相处。我想看清全部，又绝不能让村里人觉出我在偷窥他们的一辈子。

一个人的一辈子完了就完了。作为邻居、亲人和同乡，我们会在心中留下几个难忘的黑白镜头，偶尔放映给自己和别人。一个人一死，他真真实实的一生便成为故事。

而一村庄人的一生结束后，一个完整的时代便过去了。除了村外新添的那片坟墓，年复一年提示着一段历史。几头老牲口，带着先人使唤时养就的毛病，遭后人鞭骂时依稀浮想昔年盛景。在活着的人眼中，一个村庄的一百年，也就是草木枯荣一百次、地耕翻一百次、庄稼收获一百次这样简单。

其实人的一生也像一株庄稼，熟透了也就死了。一代又一代人熟透在时间里，浩浩荡荡，无边无际。谁是最后的收获者呢？谁目睹了生命的大荒芜——这个孤独的收获者，在时间深处的无边金黄中，农夫一样，挥舞着镰刀。

这个农夫肯定不是我。我只是黄沙梁村的一个人，我甚至不能把冯四和身边这一村人的一生从头看到尾，我也仅有一辈子，冯四的戏唱完时，我的一生也快完蛋了，谁也带不走谁的秘密。冯四和我迟早都是这片旷野上的一把尘土。生时在村里走走跑跑叫叫，死了被人抬出去，埋在沙梁上。多少年后又变成尘土被风刮进村里，落在房顶、树梢、草垛上，也落在谁的饭锅饭碗里，成为佐料和食物。

由此看来，我对冯四长达一生的观察可能毫无意义。

这天早晨，冯四扛一把锨出去翻地，他想好了去翻一块地，种些玉米什么的。这样到了秋天他就有事可干，别人成车往家里收粮食时，他也会赶一辆车出去，好赖拉回些东西。多少个秋天他只是个旁观者，手揣在袖筒里，看别人丰收，远远地闻点谷香。

没人知道冯四这些年靠什么维持生活，他家的烟囱从没冒过一缕烟，也从没见他为油盐酱醋这档子事忙碌。他的那几亩地总是荒荒地夹在其他人家郁郁葱葱的麦田中间，就像他穷困的一辈子夹在村人们富富裕裕的一辈子中间——长长的一溜儿。有时邻家的男人撒种，不小心撒几粒落在他的田里，也跟着长熟了。只是冯四不种地也从不知道他的地里每年都稀稀地长着几株野庄稼。经常出门在外的冯四，似乎从来也没走出黄沙梁，按说像他这样无儿无女、无牵无挂的人，应该四处漂泊了，可他硬是死守着黄沙梁不放，他在依恋什么呢。记得冯四唯一关心的一件事是——每隔一两年，就去找村长问问户口册上有没有他的名字。他好像很在乎自己是不是黄沙梁人。只要看见自己的名字还笔画完好地趴在那个破户籍本上，他就活得放心了。也有过一段日子冯四忽然不见了，像蛇一样冬眠了，没人清楚他死了还是活到别处去了。好像冯四有意跟村里人玩"捉迷藏"游戏，他藏好一个地方，期待人们去找他，先是藏得很深很隐秘，怕人们找不到又故意露点马脚。可是谁有空理他呢。这是一村庄大人，人人忙着自己的事。冯四藏得没趣，有一天便忽然从一堵墙后面钻出来，悻悻地穿过村中间那条马路。其实，我想冯四压根不会跟谁玩游戏，他是个认真的人，尽管从没认真地做过什么事。

冯四一回到他那间又破又低矮的土屋，我便只能望着屋顶上那尊又粗又高的烟囱发愣：它多像一门大炮啊，一年又一年地瞄准着天空深处某个巨大的目标，静静地瞄着，一炮不发。这使冯四的夜生活显得异常神秘难测，他没有女人，他跟自己睡觉也能一夜一夜地睡到天亮。有几个晚上我溜到窗根也没听到什么，屋子里一片死寂，不知冯四正面朝一生中的哪几件事昏昏而睡或黑黑地醒着。

在我偷窥冯四时，肯定有很多双眼睛已暗暗观察了我很多年。每一个来到村里的人，都理所当然会受到怀疑，无论新出生的还是半道来的，弄清楚你是个什么东西人们才会放心地和你生活在一个村里，这是很正常的事。况且，一个人要使自己活得真实，就难免不把别人的一生当一场戏。

扛锨去翻地的冯四，出门不久遇到了张五，张五的上半辈子是在别处度过的，在冯四眼中他只有下半辈子。和这种人交往，冯四总觉得不踏实。在张五戈壁滩一样茫茫的一辈子里，他只看见稀疏的三五棵树。"看不见的岁月是可怕的。"冯四总担心会不小心陷进别人的一生里，再浮不出来。

张五正牵着五头驴，要卖到别处去。

"让驴换个地方生活，长长见识。"张五认真地说。

"驴吃惯了黄沙梁的草，到别处怕过不惯呢。"冯四说。

"没事。驴到哪都是拉车，往哪拉都一样用力。"

"不一样的。有些地方路平，有些地方路难走，驴要花好几年才能适应。"

说话时冯四注意到一头黑母驴的水门亮汪汪的，凭经验他一眼断定这是头正在发情期的年轻母驴，再看另四头，也都年纪轻轻，毛色油亮而美丽，不用往裆里也也清楚都是母驴。一下子卖掉五头母驴，对黄沙梁村将是多大的损失。五头驴所干的活将从此分摊到一村人身上，也可能独独落到某几个人头上。他们将接过驴做剩的事儿，辛辛苦苦，没日没夜忙碌下去——像驴一样。尤其一下子卖掉五头母驴，在本来就缺少母驴的黄沙梁，这种损失更难预计。作为男人，冯四首先为黄沙梁的公驴们想到以后的日子。没当过光棍的人不会想到这些事。冯四不知道驴为了什么理想和目标在活一辈子。凭他多年的观察，一头公驴若在发情期不爬几次母驴，整个一年都会精神不振，好像生活一下子变得没意思，再好的草料咀嚼着也无味了，脾气变得很坏，故意把车拉到沟里弄翻，天黑也不进圈，有时还气昂昂地举着它那警棍一般粗黑的家伙吓唬人，似乎它没爬上母驴全都怪人。而冯四光棍一辈子没娶上女人这又怪谁呢。怪驴。怪娶走女人的男人。我猜想有几个季节冯四真的羡慕过驴呢，

0 3 8

甚至渴望自己立马变成一头公驴，把积攒多年的激情挨个地发泄给村里的母驴。我们筋疲力尽或年迈无力时希望自己是一头牛或者驴，轻轻松松干完眼前的大堆活计。有些年月我们也只有变成牲口，才能勉强过下去那不是人过的日子。这便是村人们简单而又复杂的一辈子。由此可以推想，冯四替驴操心时也更多地为自己着想。现在他决意要留住这五头母驴。黄沙梁若没有了母驴，做个公驴还有多大乐趣。他想。

"张五，我知道有个地方要母驴，那个村子里全是公驴，一头母驴也没有。一到晚上，公驴整夜地叫唤，已经好几年了，害得村里人睡不好觉。起先大家都以为鬼在作怪，最近一个细心人（也是光棍）才发现了根本缘由——没有母驴，公驴急得慌。这阵子村里人到处打问着买母驴，我有个熟人，就在这村里，前天他还托我给找几个母驴，这不，碰到了你，这几头母驴赶过去，肯定卖大价呢。"

"真有这好事，在哪个村子。"

"别问那么多，跟我走就是了。"

他们的身影绕过三间房子，朝西边的沙梁上走去，一会就看不见了。

很多年来我怀着十分矛盾的心理生活在黄沙梁，我不是十足的农夫，种地对我来说肯定不是一辈子的事，或者三年五载，或者十年二十年，迟早我会扔掉这把锄子。但我又必须守着这一村人种完一辈子的地。我要看最后的收成——一村庄人一生的盈利和亏损。我投生到僻远荒凉的黄沙梁，来得如此匆忙，就是为了从头到尾看完一村人漫长一生的寂寞演出。我是唯一的旁观者，我坐在更荒远处。和那些偶尔路过村庄，看到几个生活场景便激动不已，大肆抒怀的人相比，我看到的是一大段岁月。我的眼睛和那些朝路的窗户、破墙洞、老树窟一起，一动不动，注视着一百年后还会发生的永恒事情：夕阳下收工的人群、敲门声、尘土中归来的马匹和牛羊……无论人和事物，都很难逃脱这种注视。在注视中新的东西在不断地长大、觉悟，过不了几年，某堵墙某棵树上又会睁开一只看人世的眼睛。

天快黑时，冯四、张五和五头驴的脚印跟蹄印进了村子。走出去这么多，还回来这么多，对黄沙梁来说，这一天没有什么损失。冯四编了个故事，整个一天张五和五头驴都在他的故事中，他们朝一个不存在的村庄，或者一个真实的但不需要母驴的村庄走。路是踏实的，阳光实实在在照在人脸和驴背上，几座难翻的沙梁和几个难过的泥沟确实耗费了人的精力，并留下难忘的记忆。但此行的目的是虚无的，或者根本没有目的。当冯四意识到张五和五头驴的一天将因此虚度，自己的一天也猛然显得不真实。他同样搭上了整个一天的工夫。他编了一个故事，自己却不能置身于故事之外，就像有收成无收成的人一同进入秋季，忙人和闲人在村里过着一样长短的日子。时间一过，可能一切都变得毫无意义。

冯四的一天就这么过去了。天黑之后，冯四把扛了一天的锨原放回屋角。在这个小小农舍里，光线黑暗，不管冯四在与不在，地上的木桌永远踱着方步朝某个方向走着，挂在墙上的镰刀永远在收割着一个秋天的麦子，倒挂在屋顶的锄头永远锄着一块禾田里的杂草，斜立屋角的铁锹永远挖着一个黑暗深邃的大坑……这是看不见的劳动。我们能看见的仅仅是：锹刃一天天变薄变短了，木把一年年变细。仿佛什么东西没完没了地经过这些闲置不动的农具，造成磨砺和损失。

在黄沙梁，稍细心点便会看到这样两种情景：过日子的人忙忙碌碌度过一日——天黑了；慵懒的人悠悠闲闲，日子经过他们——天黑了。天从不为哪个人单独黑一次，亮一次。冯四的一天过去后，村里人的一天也过去了。谁知道谁过得更实在些呢。反正，多少个这样的一天过去后，冯四的一辈子就完了。黄沙梁再没有冯四这个人了。他撇下朝夕相处的一村人走了。我们埋掉他，嘴里念叨着他的好处，我们都把死亡看成一件美事，我们活着是因为还没有资格去死。

在世上走了一圈啥也没干成的冯四，并没受到责怪，作为一个生命，他完成了一生。与一生这个漫长宏大的工程相比，任何事业都显得渺小而无意义。我们太弱小，所以才想干出些大事业来抵挡岁月，一年年地种庄稼，耕地，难道真因为饥饿吗。饥饿是什么。我们不扛一把锹势必要扛一把刀一杆枪或一支笔，我们手中总要拿一件东西——叫工具也好，武器也好。身体总要摆出一种姿势——叫劳动、竞争或打斗。每当这个时候，我便惊愕地发现，我们正和冥冥中的一种势力较着劲。这一锄砍下去，不仅仅是砍断几株杂草，这一锹也不仅仅翻动了一块黄土。我们的一辈子就这样被收拾掉了。对手是谁呢。

冯四是赤手空拳对付了一生的人。当浩大漫长的一生迎面而来时，他也慌张过、浮躁过。但他最终平静下来，在荒凉的沙梁旁盖了间矮土屋，一天一天地迎来一生中的所有日子，又一个个打发走。

现在他走了，走得不远，偶尔还听到些他的消息。我迟早也走。我没有多少要干的事。除了观察活着的人，看看仍旧撒欢的牲口。迟早我也会搁荒一块地，住空一幢房子，惹哭几个亲人。我和冯四一样，完成着一辈子。冯四先完工了。我一辈子的一堵墙，还没垒好，透着阳光和风。

人畜共居的村庄

有时想想，在黄沙梁做一头驴，也是不错的。只要不年纪轻轻就被人宰掉，拉拉车，吃吃草，亢奋时叫两声，平常的时候就沉默，心怀驴胎，想想眼前嘴前的事儿。只要不懒，一辈子也挨不了几鞭。况且现在机器多了，驴活得比人悠闲，整日在村里村外溜达，调情撒欢。不过，闲得没事对一头驴来说是最最危险的事。好在做了驴就不想这些了，活一日乐一日，这句人话，用在驴身上才再合适不过。

做一条小虫呢，在黄沙梁的春花秋草间，无忧无虑把自己短暂快乐的一生蹦跶完。虽然只看见漫长岁月悠悠人世间某一年的光景，却也无憾。许多年头都是一样的，麦子青了黄，黄了青，变化的仅仅是人的心境。

做一条狗呢？

或者做一棵树，长在村前村后都没关系，只要不开花，不是长得很直，便不会挨斧头。一年一年地活着，叶落归根，一层又一层，最后埋在自己一生的落叶里，死和活都是一番境界。

如此看来，在黄沙梁做一个人，倒是件极普通平凡的事。

大不必因为你是人就趾高气扬，是狗就垂头丧气。在黄沙梁，每个人都是名人，每个人都默默无闻。每个牲口也一样。就这么小小的一个村庄，谁还能不认识谁呢。谁和谁多少不发生点关系，人也罢牲口也罢。

你敢说张三家的狗不认识你李四。它只是叫不上你的名字——它的叫声中有一句可能就是叫你的，只是你听不懂。你也从不想去弄懂一头驴子，见面更懒得抬头和它打招呼。可那驴却一直惦记着你，那年它在你家地头吃草，挨过你一锨。好狠毒的一锨，你硬是让这头爱面子的驴死后不能留一张完整的好皮。这么多年它一直在瞅机会给你一蹄子呢。还有路边泥塘中的那两头猪，一上午哼哼唧唧，你敢保证它不是在议论你们家的事。猪夜夜卧在窗根，你家啥事它不清楚。

对于黄沙梁，其实你不比一只盘旋其上的鹰看得全面，也不会比一匹老马更熟悉它的路。人和牲畜相处几千年，竟没找到一种共同语言，有朝一日坐下来好好谈谈。想必牲口肯定有许多话要对人说，尤其人之间的是是非非，牲口肯定比人看得清楚。而人，除了要告诉牲口"你必须顺从"外，肯定再不愿与牲口多说半句。

人畜共居在一个小村庄里，人出生时牲口也出世，傍晚人回家牲口也归圈。弯曲的黄土路上，不是人跟着牲口走便是牲口跟着人走。

人踩起的尘土落在牲口身上。

牲口踩起的尘土落在人身上。

家和牲口棚是一样的土房，墙连墙窗挨窗。人忙急了会不小心钻进牲口棚，牲口也会偶尔装糊涂走进人的居室。看上去似亲戚如邻居，却又根本不是那么回事，日子久了难免会认成一种动物。

比如你的腰上总有股用不完的牛劲。你走路的架势像头公牛，腿又得很开，走路一摇三摆。你的嗓音中常出现狗叫鸡鸣。别人叫你"瘦狗"是因为你确实不像瘦马瘦骡子。多少年来你用半匹马的力气和女人生活和爱情。你的女人，是只老鸟了还那样依人。

数年前一个冬天，你觉得有一匹马在某个黑暗角落盯着你。你有点怕，它做了一辈子牲口，是不是后悔了，开始揣摸人。那时你的孤独和无助确实被一匹马看见了。周围的人，却总以为你是快乐的，像一只无忧无虑的夏虫，一头乐不知死的驴子、猪……

其实这些活物，都是从人的灵魂里跑出来的。它们没有走远，永远和人待在一起，让人从这些动物身上看清自己。

而人的灵魂中，还有一大群惊世的巨兽被禁锢着，如藏龙如伏虎。它们从未像狗一样咬脱锁链，跑出人的心宅肺院。偶尔跑出来，也会被人当疯狗打了，消灭了。

在人心中活着的，必是些巨蟒大禽。

在人身边活下来的，却只有这群温顺之物了。

人把它们叫牲口，不知道它们把人叫啥。

住多久才算是家

　　我喜欢在一个地方长久地生活下去——具体点说，是在一个村庄的一间房子里。如果这间房子结实，我就不挪窝地住一辈子。一辈子进一扇门，睡一张床，在一个屋顶下御寒和纳凉。如果房子坏了，在我四十岁或五十岁的时候，房梁朽了，墙壁出现了裂缝，我会很高兴地把房子拆掉，在老地方盖一幢新房子。

　　我庆幸自己竟然活得比一幢房子更长久。只要在一个地方久住下去，你迟早会有这种感觉。你会发现周围的许多东西没有你耐活。树上的麻雀有一天突然掉下一只来，你不知道它是老死的还是病死的。树有一天被砍掉一棵，做了家具或当了烧柴。陪伴你多年的一头牛，在一个秋天终于老得走不动。算一算，它远没有你的年龄大，只跟你的小儿子岁数差不多，你只好动手宰掉或卖掉它。

　　一般情况，我都会选择前者。我舍不得也不忍心把一头使唤老的牲口再卖给别人使唤。我把牛皮钉在墙上，晾干后做成皮鞭和皮具。把骨头和肉炖在锅里，一顿一顿吃掉。这样我才会觉得舒服些，我没有完全失去一头牛，牛的某些部分还在我的生活中起着作用，我还继续使唤着它们。尽管皮具有一天也会被磨断，拧得很紧的皮鞭也会被抽散，扔到一边。这都是很正常的。

甚至有些我认为是永世不变的东西，在我活过几十年后，发现它们已几经变故，面目全非。而我，仍旧活生生的，虽有一点衰老迹象，却远不会老死。

早年我修房后面那条路的时候，曾想到这是件千秋功业，我的子子孙孙都会走在这条路上。路比什么都永恒，它平躺在大地上，折不断、刮不走，再重的东西它都能禁住。

有一年一辆大卡车开到村里，拉着一满车铁，可能是走错路了，想掉头回去。村中间的马路太窄，转不过弯。开车的师傅找到我，很客气地说要借我们家房后的路走一走，问我行不行。我说没事，你放心走吧。其实我是想考验一下我修的这段路到底有多结实。卡车开走后我发现，路上只留下浅浅的两道车辖辘印。这下我更放心了，暗想，以后即使有一卡车黄金，我也能通过这条路运到家里。

可是，在一年后的一场雨中，路却被冲断了一大截，其余的路面也泡得软软的，几乎连人都走不过去。雨停后我再修补这段路面时，已经不觉得道路永恒了，只感到自己会生存得更长久些。以前我总以为一生短暂无比，赶紧干几件长久的事业流传于世。现在倒觉得自己可以久留世间，其他一切皆如过眼烟云。

我在调教一头小牲口时，偶尔会脱口骂一句：畜生，你爷爷在我手里时多乖多卖力。骂完之后忽然意识到，又是多年过去。陪伴过我的牲口、农具已经消失了好几茬，而我还那样年轻有力、信心十足地干着多少年前的一件旧事。多少年前的村庄又浮现在脑海里。

如今谁还能像我一样幸福地回忆多少年前的事呢。那匹三岁的儿马，一岁半的母猪，以及路旁林带里只长了三个夏天的白杨树，它们怎么会知道几十年前发生在村里的那些事情呢。它们来得太晚了，只好遗憾地生活在村里，用那双没见过世面的稚嫩眼睛，看看眼前能够看到的，听听耳边能够听到的，却对村庄的历史一无所知，永远也不知道这堵墙是谁垒的，那条渠是谁挖的，谁最早蹚过河开了那一大片荒地，谁曾经趁着夜色把一大群马赶出村子，谁总是在天亮前提着裤子翻院墙溜回自己家里……这一切，连同完整的一大段岁月，被我珍藏了。成了我一个人的。除非我说出来，谁也别想再走进去。

当然，一个人活得久了，麻烦事也会多一些。就像人们喜欢在千年老墙万年石壁上刻字留名以求共享永生，村里的许多东西也都喜欢在我身上留印迹。它们认定我是不朽之物，咋整也整不死。我的腰上至今还留着一头母牛的半只蹄印。它把我从牛背上掀下来，朝着我的光腰杆就是一蹄子。踩上了还不赶忙挪开，直到它认为这只蹄印已经深刻在我身上了，才慢腾腾移动蹄子。我的腿上深印着好几条狗的紫黑牙印，有的是公狗咬的，有的是母狗咬的。它们和那些好在文物古迹上留名的人一样，出手隐蔽敏捷，防不胜防。我的脸上身上几乎处处有蚊虫叮咬的痕迹，有的深，有的浅。有的过不了几天便消失了，更多的伤痕永远留在身上。而留在我心中的东西就更多了。

我背负着曾经与我一同生活过的众多生命的珍贵印迹，感到自己活得深远而厚实，却一点不觉得累。有时在半夜腰疼时，想起踩过我的已离世多年的那头母牛，它的毛色和花纹。有时走路腿困时，记起咬伤我的一条黑狗的皮，还展展地铺在我的炕上，当了多年的褥子。我成了记载村庄历史的活载体，随便触到哪儿，都有一段活生生的故事。

在一个村庄活久了，就会感到时间在你身上慢了下来，而在其他事物身上飞快地流逝着。这说明，你已经跟一个地方的时光混熟了。水土、阳光和空气都熟悉了你，知道你是个老实安分的人，多活几十年也没多大害处。不像有些人、有些东西，满世界乱跑，让光阴满世界追他们。可能有时他们也偶尔躲过时间，活得年轻而滋润。光阴一旦追上他们就会狠狠报复一顿，一下从他们身上减去几十岁。事实证明，许多离开村庄去跑世界的人，最终都没有跑回来，死在外面了。他们没有赶回来的时间。

平常我也会自问：我是不是在一个地方生活得太久了。土地是不是已经烦我了。道路是否早就厌倦了我的脚印，虽然它还不至于拒绝我走路。事实上我有很多年不在路上走了，我去一个地方，照直就去了，水里草里。一个人走过一些年月后就会发现，所谓的道路不过是一种摆设，供那些在大地上瞎兜圈子的人们玩耍的游戏。它从来都偏离真正的目的。不信去问问那些永远匆匆忙忙走在路上的人，他们走到自己的归宿了吗。没有。否则他们不会没完没了地在路上转悠。

而我呢，是不是过早地找到了归宿，多少年住在一间房子里，开一个门，关一扇窗，跟一个女人睡觉。是不是还有另一种活法，另一番滋味。我是否该挪挪身，面朝一生的另一些事情活一活。就像这幢房子，面南背北多少年，前墙都让太阳晒得发白脱皮了。我是不是把它掉个过儿，让一向阴潮的后墙根也晒几年太阳。

这样想着就会情不自禁在村里转一圈，果真看上一块地方，地势也高，地盘也宽敞。于是动起手来，花几个月时间盖起一院新房子。至于旧房子嘛，最好拆掉，尽管拆不到一根好檩子、一块整土块。毕竟是住了多年的旧窝，有感情，再贵卖给别人也会有种被人占有的不快感。墙最好也推倒，留下一个破墙圈，别人会把它当成天然的茅厕，或者用来喂羊圈猪，甚至会有人躲在里面干坏事。这样会损害我的名誉。

当然，旧家具会一件不剩地搬进新房子，柴火和草也一根不剩拉到新院子。大树砍掉，小树连根移过去。路无法搬走，但不能白留给别人走。在路上挖两个大坑。有些人在别人修好的路上走顺了，老想占别人的便宜，自己不愿出一点力。我不能让那些自私的人变得更加自私。

我只是把房子从村西头搬到了村南头。我想稍稍试验一下我能不能挪动。人们都说：树挪死，人挪活。树也是老树一挪就死，小树要挪到好地方会长得更旺呢。我在这块地方住了那么多年，已经是一棵老树，根根脉脉都扎在了这里，我担心挪不好把自己挪死。先试着在本村里动一下，要能行，我再往更远处挪动。

可这一挪麻烦事跟着就来了。在搬进新房子的好几年间，我收工回来经常不由自主地回到旧房子，看到一地的烂土块才恍然回过神。牲口几乎每天下午都回到已经拆掉的旧圈棚，在那里挤成一堆。我的所有的梦也都是在旧房子。有时半夜醒来，还当是门在南墙上。出去解手，还以为茅厕在西边的墙角。

不知道住多少年才能把一个新地方认成家。认定一个地方时或许人已经老了，或许到老也无法把一个新地方真正认成家。一个人心中的家，并不仅仅是一间属于自己的房子，而是长年累月在这间房子里度过的生活。尽管这房子低矮陈旧，清贫如洗，但堆满房子角角落落的那些黄金般珍贵的生活情节，只有你和你的家人共拥共享，别人是无法看到的。走进这间房子，你就会马上意识到：到家了。即使离乡多年，再次转世回来，你也不会忘记回这个家的路。

我时常看到一些老人，在晴朗的天气里，背着手，在村外的田野里转悠。他们不仅仅是看庄稼的长势，也在瞅一块墓地。他们都是些幸福的人，在一个村庄的一间房子里，生活到老，知道自己快死了，在离家不远的地方，择一块墓地。虽说是离世，也离得不远。坟头和房顶日夜相望，儿女的脚步声在周围的田地间走动，说话声、鸡鸣狗吠时时传来。这样的死没有一丝悲哀，只像是搬一次家。离开喧闹的村子，找个清静处待待。地方是自己选好的，棺木是早几年便吩咐儿女做好的。从木料、样式到颜色，都是照自己的意愿去做的，没有一丝让你不顺心不满意。

唯一舍不得的便是这间老房子，你觉得还没住够，亲人们也这么说：你不该早早离去。其实你已经住得太久太久，连脚下的地都住老了，头顶的天都活旧了。但你一点没觉得自己有多么"不自觉"。要不是命三番五次地催你，你还会装糊涂活下去，还会住在这间房子里，还进这个门，睡这个炕。

我一直庆幸自己没有离开这个村庄，没有把时间和精力白白耗费在另一片土地上。在我年轻的时候、年壮的时候，曾有许多诱惑让我险些远走他乡，但我留住了自己。我做得最成功的一件事，是没让自己从这片天空下消失。我还住在老地方，所谓盖新房搬家，不过是一个没有付诸行动的梦想。我怎么会轻易搬家呢。我们家屋顶上面的天空，经过多少年的炊烟熏染，已经跟别处的天空大不一样。当我在远处，还看不到村庄，望不见家园的时候，便能一眼认出我们家屋顶上面的那片天空，它像一块补丁、一幅图画，不管别处的天空怎样风云变幻，它总是晴朗祥和地贴在高处，家安安稳稳坐落在下面。家园周围的这一窝子空气，多少年被我吸进呼出，也已经完全成了我自己的气息，带着我的气味和温度。我在院子里挖井时，曾潜到三米多深的地下，看见厚厚的土层下面褐黄色的沙子，水就从细沙中缓缓渗出。而在西边的一个墙角上，我的尿水年复一年已经渗透到地壳深处，那里的一块岩石已被腐蚀得变了颜色。看看，我的生命上抵高天，下达深地。这都是我在一个地方地久天长生活的结果。我怎么会离开它呢。

别人的村庄

　　我打问一个叫冯富贵的人。我从村庄一头问起，一户挨一户问，问到另一头再问回来。没有人认识冯富贵。天快黑了，我有点着急，眼看那些房子和人就要隐在黑暗中了。

　　最先看到这个村子是在中午，太阳明晃晃地跟着我不放，它好像终于找到一个值得一照的人。那些遍布荒野的矮蒿子枯枯荣荣多少年了，还这副不死不活的样子，时光对这块地方早就失望了。我四处望了望，也望不到什么尽头。除了前方隐约的一个村子——也可能是一片没有人烟的破房子。以前我遇到过这种事，走了很远的路去一个村庄，走到后才发现，是一片废墟。人都不知到哪去了。

　　有一次我想把一个没人住的破村子收拾出来自己住。我本来去另一个村子，途中错听了一个老汉的指引，他用一根当拐棍用的榆木棒朝前一指，我便头也不回地走了两天。到达后才知道是一座空村，也不知荒废多少年了，空气中散发着陈腐的烂木头味儿。我想，反正我走到了，管它是不是要去的村子，我也再没力气往别处去。我花了半年工夫，把倒塌的墙一一扶起来,钉好破损的门窗,清理通被土块和烂木头堵住的大路小路。我还从不远处引来一渠水,挨个地浇灌了村庄四周的地。等这一切都收拾好,就到秋天了。一户一户的人们从远处回来,他们拿着钥匙,径直走进各自的家。没有谁对村里发生的这一切感到惊奇。他们好像出去了一会儿又回来似的,悠然自若地在我打扫干净的房子里开始了他们的生活。我躲在一个破羊圈里,观察了这一切,直到我坚信再没有半间房子属于我,在一个月黑风高之夜,我贼一般逃离了那个村子。以后每去一个村庄,我总要仔细眺望一阵,看到炊烟才敢放心走去。

当时这个村子就像一条恭候主人的狗,远远地高翘着一根炊烟的尾巴。还听不到人声。有个两条腿的大东西在我之前穿过荒野,留下很深的两道辙印,我走在其中一条辙印里。身后已经看不到一个村子。我踩起的一小溜尘土缓缓沉落下来,像曾经做过的、正在失去意义的一些事情。

半小时前,三个骑马人迎面而过时,我就想,我走过的路上不会有我的脚印了。三匹马,十二个钉了铁掌的蹄子一路踏去,我那行本来就没踩清楚的脚印会有幸剩下几个呢。一两天后,再过去一群羊或几辆大车,我的行踪便完全消失了。我的脚印不会比一头牛的蹄印更深更长久地留在大地上,很快我将从我走过的路上彻底失踪。一旦我走出去几十里地,谁也别想找到我。

"那么马二球呢,马二球的房子是哪间?"

我拿着七八个人的名字,一遍又一遍打问,开始他们一口咬定村里绝对没有这几个人,他们给我指了一个百里外的村子,让我到那儿去问问。这个村庄也太会打发人,我想在过去的几十年甚至几百年间,他们肯定像打发我一样,给每位来到村里的陌生人指一个百里外的去处——远远打发走他们。这个村庄因此变得孤远、孤僻了。

村子里只有一条路，路旁胡乱地排着些房子。

我再一次问过来时，有人明显动摇了。

"冯富贵？我咋觉得有这么个人呢。"

"胡扯，就几十户人的村子，有没有谁我不清楚。"

"我也觉得，咋这么熟的名字，越听越熟悉。"

天很快暗下来，夜色使我先前看清的东西又变得模糊，房子和人，正一片一片从眼前消失。我站在暗处，听见一大片慌乱的关门声，接着又是一片开门的声音。黑暗中有一群人走到一起，叽叽喳喳议论起这件事，言语黑乎乎地波动在空气里。

我想，他们大概已弄不清是我找错了地方，还是他们自己错住在别人的村庄。

我想在这个村里过一夜，又不认识一个人。

在我一生中经过的村庄中，有些是在大白天穿过的，那些村庄的形状，村人的长相以及牲口的模样都历历在目。至今我仍清晰地记着给过我一碗凉水的那个村妇，她黄中透黑的脸、沾着几根草叶的蓬乱头发、粗糙的不曾洗干净的双手和那只有一个豁口的大白瓷碗。我仍感激着一头默默目送我走远的黑母牛，我们是在一条窄窄的乡道上相遇的。它见我过来，很礼貌地让开小道，扭过头，目光温和地看着我远去。这是它的道。我在经过别人的村庄和土地，我对如此厚重的恩遇终生感激。

我尤其感激那些农人，他们宁肯少收些粮食，在他们珍贵的土地中辟出一条又一条路，让我这个流浪人过去。我相信他们不是怕别人留在村里才这样做的。这是人家的地，即使人家全种上粮食不让你过，你也没有办法。一年夏天我就被一片玉米地挡住过。一望无际的一片玉米，长得密密麻麻。我走了几个来回，怎么也找不到穿过它的路。或许种地人原想：不会有人走到这么远，所以没有留路。没办法，我只好在地边搭了个草棚，我打算住一夏天，等种地人收了玉米，把地腾开我再过去。反正我也没太要紧的事。

　　等待的过程中我发现自己成了一个看玉米的人，在给谁看守也不清楚。我看着玉米一天天成熟，最后一片金黄了，也不见人来收。第一场雪都下过了，还不见人来。我有些着急。谁把这么大一片玉米扔在大地上就不管了，真不像话。会不会是哪个人春天闲得没事，便带上犁头和播种机，无边无际地种了这片玉米。紧接着因为一件更重要的脱不开身的大事，他便把自己种的这块玉米给忘了。我想是这样的。很多人有这种毛病，种的时候图痛快，四处撒种，好像他有多能干。种出来却没力气照管，任其长荒，被草吃掉。或者干脆一走了之，把偌大一片不像样的庄稼扔在大地上。

　　我盖了间又高又大的粮仓，花了一冬天时间把埋在雪中的玉米全收进仓中。这时候我已忘了我要去的地方，雪把我的来路和去路全埋了。我封死粮仓的门，随便选了一个方向又开始游荡了。以后经过这里的人们，看到如此巨大的一仓玉米耸在荒地上，惊喜之余，他们会不会想到是我干的呢。

　　走出很远了，或者说事过多年，每当回头我都看到那幢堆满玉米的粮仓高高耸立在荒野上。我把它留给每一个走过这片远地的人，我知道我再不能回去。

快进村子时，路旁出现了一大片墓地，我数了一下，有上千座坟吧，有些是新堆的，坟土新鲜，花圈虽烂犹存。有些坟头已塌，墓碑倾倒。我断定埋在这儿的，都是我将要去的这个村子里近百年来死掉的人。我停下来，撒了泡尿，是背对着墓地撒的，这是礼貌。尿水到地上很快就不见了，只留下一阵哗哗的水声，在空气中。

　　这片地方很久没下雨了。

　　我自己说了一句话。即使一千年没下雨这泡尿也解决不了问题。我系好裤子，一屁股坐在一个坟堆上。我感到累了。我屁股下面的这个人可能早不知道累了，不管他是累死的还是老死的，他都早休息好了。我看了看墓碑上的文字：

　　冯富贵之墓　　生于×年×月×日
　　卒于×年×月×日

　　我在这片荒野上第一次看到文字，有点欣喜若狂。我掏出本子，记下这个名字，又转了几座坟，记下另几个人的名字。当时没想它的用处，后来进了村子，实在找不到落脚的地方，才突然想到记下的这几个人。

　　墓地看上去比村子大几十倍，也就是说，这个村里死掉的人远比现在活着的人多得多。这是另一个村子，独碑独墓，一户一户排列着，活人为死人也下了大功夫，花了钱。里面的棺材陪葬品自不用说，光这墓碑，我蹬了一脚，硬邦邦，全是上好的石料，收拾起来足够盖一大院好房子。我曾用四块墓碑围过一个狗窝。我把碑文朝里立成四方形，留一个角做门，上面盖些树枝杂草，真是极好的狗窝。墓碑是我从一个荒坟地挖来的，那片坟地也是多年没人管，有些坟棺材半露在外面，死人的头骨随处可见。我至今记得墓碑上那四个人的名字。奇怪的是在我离开黄沙梁的几年后，竟遇到和那四块墓碑上的名字完全吻合的四个人，他们很快成了我的朋友。有一年，我带他们回到黄沙梁。那时我的一院房子因多年无人住已显得破败，院墙有几处已经倒塌，门锁也锈得塞不进钥匙，我费了很大劲才弄开它。

当我掀开狗窝顶盖，看见我的狗老死在窝里，剩下一堆白骨。它至死未离开这个窝、这座院子。它也活了一辈子。现在发生在这堆白骨周围的一切是不是它的回忆呢。在一堆白骨的回忆中我流浪回来，带了四个朋友，一个高个的，三个矮个的。下午的阳光照着这个破院子，往事中的人回忆着另一桩往事，五个人就这样存在了一个下午。这段存在中我干了件影响深远的事——我掀开狗窝，让四个朋友看多年前刻在墓碑上的他们的名字和生卒日期，四个朋友惊愕了。那个下午的阳光一下从他们脸部的表情中走失。后来他们背着各自的墓碑回去了。

他们说：留个纪念。

我说：有用尽管拿去吧，朋友嘛。

那个时候我有自己的村子，自己的土地和房子，我没有守好它们，现在都成了别人的。

听到狗吠时我已经快走出墓地，这个村子会不会留我过夜呢，我在心里想，我只是睡一觉就走，既不跟村里的女人睡，也不在他们干干净净的炕上睡，只要一捆草，摊开在哪个墙根，再找半截土块头底下一枕，这么简单的要求他们不会拒绝吧。万一他们不信任我呢，怕我半夜牵走了他们的牛，带走他们的女人，背走他们的粮食。一个陌生人睡在村里，往往会让一村人睡不安宁。

我曾在半夜走进一个村庄，月光明朗地照着那片房子和树，就像梦中的白天一样。我先走过一片收割得干干净净的田野，接着看到路旁一垛一垛的草。我想这个村庄把所有的活都干完了，播种和收获都已经结束，我啥也没赶上。即使赶上也插不上手，他们不会把自己都不够干的那点活让给我一份。宁肯倒给几块钱也绝不让我插手他们的事情。

村庄安静得要命，我悄悄地走在村中的土路上。月光下每家每户的门口都堆满金灿灿的谷物。院门敞开着。拴在树下的牛也睡着了，打着和人一样的鼾声。这时候，假若走进村里的不是我，而是一个贼，他会套上牛车，把村里所有的收成偷光，村里人也不会觉醒的。人一睡着，村庄就不是他的了，身旁的女人、孩子也不属于自己了。我蹑手蹑脚走进一户人家的院子，院子里几乎堆满了粮食，只留出一条走人的小道儿。我想找个地方睡一觉，却一点没睡意。这户人家有五六间房子，我推开一扇虚掩的门：是伙房。饭桌上放着半盘剩菜，还有一个被啃过一口的馍馍。我正好饿了，就坐下来吃光了这些食物。但没吃饱。我揭开锅盖，里面是半锅水和几个脏碗。出了伙房我又推另一个门，没有推动，好像从里面顶住了。门旁是一个很大的敞开的窗户，我探头进去，借着月光看见头朝外睡着的一炕人，右边是男人，紧挨着是女人和几个孩子，一个比一个睡得香甜。我真想翻窗户进去，脱掉衣服在这个大炕上睡一觉，随便睡在那个男人身旁，或者躺在那个女人身边，有一块被角儿盖着就满足了。第二天早晨我同他们一块儿醒来，一块儿吃早饭，他们不会惊讶这个在夜里多出来的人，我也不会在意夜间被女人搂错，浑身上下地抚摸。我没这样做，我还是照原路悄悄退出村子，在一堆稻草上躺了会儿，天没亮便远远地离开了。至今我仍不知道那个村庄的名字。在我心中，那个村庄永远在纯纯洁洁的月光下甜睡着，它是我心中的故乡。

一条狗一叫，全村的狗都围了上来，它们或许多少年没见过生人，这下过过嘴瘾。这种场面我见多了，只要装个没看见没听见，尽管走你的路，保管没一条狗敢上来咬你。

随着狗叫，那些面目淡漠的村人一个一个地出现在门口，这种表情我也见多了。我想：他们不留我，我就返回去，在那片墓地上过夜。枕着坟头睡也很舒服。你们不留我，你们的先人会留我。

我晚到了一会儿，他们的一生就完了，埋在路旁的这些人——男人、女人、孩子，他们比活在村里的这些人更好呢，还是更冷漠。反正，前定在一生中的活他们干完了，话说完了，爱完了，恨也完了。现在他们成了永远的旁观者。日日夜夜以坟头眺望屋顶，用墓碑对视炊烟，村里人干了再好再坏的事他们也不插言，不鼓掌跺脚……这群死寂的不再吭声的观众，这么快被遗忘了。

我拿着七八个人的名字，悄无声息地站在夜色中。我不认识你们，但我知道这个村庄曾经是你们的，你们留下耕种多年的土地、腾出装修一新的房子、留下置办不久的农具，留下所有财产……你们走了。现在没一个人认得你们，他们没动任何干戈便占有了一切。他们是后人，哭喊着送走你们，把所有悲痛送给你们带走。留下财富和欢乐，他们享用。

这已是别人的村庄。

有一天你们从冥冥天路上回来，家园还能不能接受你们，他们会腾出房子让你们住进去吗。会让出地、农具和道路吗。

他们会承认自己一直借住在别人的村庄里吗。

我黑黑地站了一会儿，又黑黑地走出村子。再没人理我，说话声也听不见了。这个夜晚肯定有许多人睡不着。但都会不声不响地睡着。都要想办法熬到天亮。天一亮，许多事情便亮堂了。

一种寂静触动着我，猛一抬头，我看见村庄四周的田野上黑压压地站满了人，那些熟悉又陌生、亲切又如隔世的——先人。他们个个面色苍白、筋疲力尽。他们等着进村，他们的地和宅院全被人占了。他们乞丐一样静悄悄地恭候在村外，一个夜晚又一个夜晚地等候着。

他们不打扰村里人。

我也不打扰他们了。趁一点星光照着我，我早早走开，我想天亮的时候，没准我会走进另一个村子。

寒风吹彻

雪落在那些年雪落过的地方，我已经不注意它们了。比落雪更重要的事情开始降临到生活中。三十岁的我，似乎对这个冬天的来临漠不关心，却又一直在倾听落雪的声音，期待着又一场雪悄无声息地覆盖村庄田野。

我静坐在屋子里，火炉上烤着几片馍馍，一小碟咸菜放在炉旁的木凳上，屋里光线暗淡。许久以后我还记起我在这样的一个雪天，围抱火炉，吃咸菜啃馍馍想着一些人和事情，想得深远而入神。柴火在炉中啪啪地燃烧着，炉火通红，我的手和脸都烤得发烫了，脊背却依旧凉飕飕的。寒风正从我看不见的一道门缝吹进来。冬天又一次来到村里，来到我的家。我把怕冻的东西一一搬进屋子，糊好窗户，挂上去年冬天的棉门帘，寒风还是进来了。它比我更熟悉墙上的每一道细微裂缝。

就在前一天，我似乎已经预感到大雪来临。我劈好足够烧半个月的柴火，整齐地码在窗台下。把院子扫得干干净净，无意中像在迎接一位久违的贵宾——把生活中的一些事情扫到一边，腾出干净的一片地方来让雪落下。下午我还走出村子，到田野里转了一圈。我没顾上割回来的一地葵花秆，将在大雪中站一个冬天。每年下雪之前，都会发现有一两件顾不上干完的事而被搁一个冬天。冬天，有多少人放下一年的事情，像我一样用自己那只冰手，从头到尾地抚摸自己的一生。

屋子里更暗了，我看不见雪。但我知道雪在落，漫天地落。落在房顶和柴垛上，落在扫干净的院子里，落在远远近近的路上。我要等雪落定了再出去。我再不像以往，每逢第一场雪，都会怀着莫名的兴奋，站在屋檐下观看好一阵，或光着头钻进大雪中，好像有意要让雪知道世上有我这样一个人，却不知道寒冷早已盯住了自己活蹦乱跳的年轻生命。

经过许多个冬天之后，我才渐渐明白自己再躲不过雪，无论我蜷缩在屋子里，还是远在冬天的另一个地方，纷纷扬扬的雪，都会落在我正经历的一段岁月里。当一个人的岁月像荒野一样敞开时，他便再无法照管好自己。

就像现在，我紧围着火炉，努力想烤热自己。我的一根骨头，却露在屋外的寒风中，隐隐作痛。那是我多年前冻坏的一根骨头，我再不能像捡一根牛骨头一样，把它捡回到火炉旁烤热。它永远地冻坏在那段天亮前的雪路上了。

那个冬天我十四岁，赶着牛车去沙漠里拉柴火。那时一村人都靠长在沙漠里的梭梭柴取暖过冬。因为不断砍挖，有柴火的地方越来越远，往往要用一天半夜时间才能拉回一车柴火。每次去拉柴火，都是母亲半夜起来做好饭，装好水和馍馍，然后叫醒我。有时父亲也会起来帮我套好车。我对寒冷的认识是从那些夜晚开始的。

牛车一走出村子，寒冷便从四面八方拥围而来，把我从家里带出的那点温暖搜刮得一干二净，浑身上下只剩下寒冷。

那个夜晚并不比其他夜晚更冷。

只是我一个人赶着牛车进沙漠。以往牛车一出村，就会听到远远近近的雪路上其他牛车的走动声，赶车人隐约的吆喝声。只要紧赶一阵路，便会追上一辆或好几辆去拉柴的牛车，一长串，缓行在铅灰色的冬夜里。那种夜晚天再冷也不觉得。因为寒风在吹好几个人，同村的、邻村的，认识和不认识的好几架牛车在这条夜路上抵挡着寒冷。

而这次，一野的寒风吹着我一个人。似乎寒冷把其他一切都收拾掉了，现在全部地对付我。

我披紧羊皮大衣，一动不动趴在牛车里，不敢大声吆喝牛，免得让更多的寒冷发现我。从那个夜晚我懂得了隐藏温暖——在凛冽的寒风中，身体中那点温暖正一步步退守到一个隐秘得连我自己都难以找到的深远处——我把这点隐深的温暖节俭地用于此后多年的爱情和生活。我的亲人们说我是个很冷的人，不是的，我把仅有的温暖全给了你们。

许多年后有一股寒风，从我自以为火热温暖的从未被寒冷侵入的内心深处阵阵袭来时，我才发现穿再厚的棉衣也没用了。生命本身有一个冬天，它已经来临。

天亮后，牛车终于到达有柴火的地方。我的一条腿却被冻僵了，失去了感觉。我试探着用另一条腿跳下车，挂着一根柴火棒活动了一阵，又点了一堆火烤了一会儿，勉强可以行走了，腿上的一块骨头却生疼起来，是我从未体验过的一种疼，像一根根针刺在骨头上又狠命往骨髓里钻——这种痛感一直延续到以后所有的冬天以及夏季里阴冷的日子。

太阳落地时，我装着半车柴火回到家里，父亲一见就问我：怎么拉了这点柴，不够两天烧的。我没吭声。也没向家里说腿冻坏的事。

我想很快会暖和过来。

那个冬天要是稍短些，家里的火炉要是稍旺些，我要是稍把这条腿当回事，或许我能暖和过来。可是现在不行了。隔着多少个季节，今夜的我，围抱火炉，再也暖不热那个遥远冬天的我，那个在上学路上不慎掉进冰窟窿，浑身是冰往回跑的我，那个跺着冻僵的双脚，捂着耳朵在一扇门外焦急等待的我……我再不能把他们唤回到这个温暖的火炉旁。我准备了许多柴火，是准备给这个冬天的。我才三十岁，肯定能走过冬天。

但在我周围，肯定有个别人不能像我一样度过冬天。他们被留住了。冬天总是一年一年地弄冷一个人，先是一条腿、一块骨头、一副表情、一种心境……而后整个人生。

我曾在一个寒冷的早晨，把一个浑身结满冰霜的路人让进屋子，给他倒了一杯热茶。那是个上了年纪的人，身上带着许多个冬天的寒冷，当他坐在我的火炉旁时，炉火须臾间变得苍白。我没有问他的名字，在火炉的另一边，我感觉到迎面逼来的一个老人的透骨寒气。

他一句话不说。我想他的话肯定全冻硬了，得过一阵才能化开。

大约坐了半个时辰，他站起来，朝我点了一下头，开门走了。我以为他暖和过来了。

第二天下午，听人说村西边冻死了一个人。我跑过去，看见这个上了年纪的人躺在路边，半边脸埋在雪中。

我第一次看到一个人被冻死。

我不敢相信他已经死了。他的生命中肯定还深藏着一点温暖，只是我们看不见。一个人最后的微弱挣扎我们看不见，呼唤和呻吟我们听不见。

我们认为他死了。彻底地冻僵了。

他的身上怎么能留住一点点温暖呢。靠什么去留住。他的烂了几个洞、棉花露在外面的旧棉衣？底快磨通、一边帮已经脱落的那双鞋？还有，他多少个冬天积累起来的彻骨寒冷。

落在一个人一生中的雪，我们不能全部看见。每个人都在自己的生命中，孤独地过冬。我们帮不了谁。我的一小炉火，对这个贫寒一生的人来说，显然微不足道。他的寒冷太巨大。

我有一个姑妈，住在河那边的村庄里，许多年前的那些个冬天，我们兄弟几个常走过封冻的玛纳斯河去看望她。每次临别前，姑妈总要说一句：天热了让你妈过来喧喧。

姑妈年老多病，她总担心自己过不了冬天。天一冷她便足不出户，偎在一间矮土屋里，抱着火炉，等待春天来临。

一个人老的时候，是那么渴望春天来临。尽管春天来了她没有一片要抽芽的叶子，没有半瓣要开放的花朵。春天只是来到大地上，来到别人的生命中。但她还是渴望春天，她害怕寒冷。

我一直没有忘记姑妈的这句话，也不止一次地把它转告给母亲。母亲只是望望我，又忙着做她的活。母亲不是一个人在过冬，她有五六个没长大的孩子，她要拉扯着他们度过冬天，不让一个孩子受冷。她和姑妈一样期盼着春天。

……天热了，母亲会带着我们，蹚过河，到对岸的村子里看望姑妈。姑妈也会走出蜗居一冬的土屋，在院子里晒着暖暖的太阳和我们说说笑笑……多少年过去了，我们一直没有等到这个春天。好像姑妈那句话中的"天"一直没有热。

姑妈死在几年后的一个冬天。我回家过年，记得是大年初四，我陪着母亲沿一条即将解冻的马路往回走。母亲在那段路上告诉我姑妈去世的事。她说："你姑妈死掉了。"

母亲说得那么平淡，像在说一件跟死亡无关的事情。

"怎么死的。"我似乎问得更平淡。

母亲没有直接回答我。她只是说："你大哥和你弟弟过去帮助料理了后事。"

此后的好一阵，我们再没说话，只顾静静地走路。快到家门口时，母亲说了句："天热了。"

我抬头看了看母亲，她的身上散着热气，或许是走路的缘故，不过天气真的转热了。对母亲来说，这个冬天已经过去了。

"天热了过来喧喧。"我又想起姑妈的这句话。这个春天再不属于姑妈了。她熬过了许多个冬天还是被这个冬天留住了。我想起奶奶也是死在多年前的冬天。母亲还活着。我们在世上的亲人会越来越少。我告诉自己，不管天冷天热，我都常过来和母亲坐坐。

母亲拉扯大她的七个儿女。她老了。我们长高长大的七个儿女，或许能为母亲挡住一丝的寒冷。每当儿女们回到家里，母亲都会特别高兴，家里也顿添热闹的气氛。

但母亲斑白的双鬓分明让我感到她一个人的冬天已经来临，那些雪开始不退、冰霜开始不融化——无论春天来了，还是儿女们的孝心和温暖备至。

隔着三十年的人生距离，我感受着母亲独自在冬天的透心寒冷。我无能为力。

雪越下越大。天彻底黑透了。

我围抱着火炉，烤热漫长一生的一个时刻。我知道这一时刻之外，我其余的岁月，我的亲人们的岁月，远在屋外的大雪中，被寒风吹彻。

野地上的麦子

好几年，我们没收上野地上的麦子。有一年老鼠先下了手，村里人吆着车提着镰刀赶到野地时，只看见一地端扎的没头的光麦秆，穗全不见了。有两年麦子黄过了头，大风把麦粒摇落在地，黄灿灿一层，我们下镰时麦穗已轻得能飘起来。

麦子在大概的月份里黄熟，具体哪天黄熟没人能说清楚，由于每年的气候差异和播种时间的早几天晚几天，还由于人的记忆。好多年的这个月份混在一起，人过着过着，仿佛又回到曾经的一些年月里，经过的事情又原原本本出现在眼前。人觉得不对劲，又觉得没什么不对劲。麦子要熟了，每年要熟一次。仿佛还是去年前年被人割倒的那些麦子，又从黑暗中爬了起来，一步一步走到这个月份里。

那时正值玉米长到一人高，棉花和黄豆也都没膝，村子被高高矮矮的庄稼围着，连路上都长出草和粮食。

一条路隔段时间没人走，掉在路上的麦粒、苞谷豆、草籽……就会在一场雨后迅速发芽，生长起来。路上的土都很肥沃，牲口边走边撒的粪尿，一摇一晃的牛车上掉下的肥料和草，人身上抖下的垢甲，凡从路上拉来运去的东西，没一样不遗落一些在路上。春播一过路往往会空一阵子，有些路就是专门通向一块地，这块地里的活干完了，路也就没人走了。等过上一两个月，人再去这块地里忙活，才发现路上已长满了作物，有麦子、玉米、黄豆，还有已经结上小瓜蛋子的西瓜秧，整个路像一条绿龙，弯弯曲曲伸到人要去的那地方。人在路头愣望一阵，想他们麻袋上的小洞、车厢底的细缝，咋会漏掉这么多种子。人实在不忍心踏上去，只好沿路边再走出一条新路。

麦子成熟的香味就在这个时候，顺风飘来，先是村西边的人闻到。麦子快要熟了。嗯，是麦子熟了。打镰刀的王铁匠锤停在半空，愣了一下，麦香飘过他的铁炉的一瞬被烤熟了，像吃了口新麦锅盔的感觉。编筐的张五突然停住正编的一根榆树条，抬头朝天上望。麦子已经熟了，快给村长说说去，该安排人割麦子了。

正往车上装羊粪的韩三扔掉铁叉快步朝村东边走去，新麦的清香拨开浓浓的羊粪味钻进他的鼻孔里。他刚迈出两步，风已经翻过一家家房顶把麦香刮到村东头，全村人都闻到麦香了。

这时候，村长就会派一个人骑马去野地走一趟，看看麦子黄到了几成，哪天下镰合适，以便安排劳力。

有一年人们闻着麦香走向野地，全村一百五十多个劳力，十几辆大车，浩浩荡荡走了一整天，天黑透走到野地，连夜在地头搭棚、支炉灶、挖地窝子。人马疲困已极。第二天一早，人们醒来一看，麦子还青着，只黄了一点麦芒。

麦子成熟的气息依旧弥漫在空气里。是哪一块麦地熟了？有人站在车上，有人爬上棚顶，朝四下里张望。肯定有一块麦子已经熟透了。谁也不知道这块麦地在哪里。仿佛是去年前年随风飘远的阵阵麦香，被另一场相反的风刮了回来，又亲切又熟悉。

人们住下来等麦子黄熟。

也就几天就能下镰了。节气已经到了，麦子不黄也说不过去。最多三五天吧，回去屁股坐不稳又得再来。

人们等到第五天，麦子还没黄。

第三天的大太阳，本来已经把麦穗催黄了，可是天黑前下了一场雨，一夜过去，麦子又返青了，跟刚来时一模一样。

第六天上午，磨利的镰刀刃已开始生锈，带来的粮食清油也吃掉八九成。人们拆掉窝棚，把米面锅灶原搬到车上。那天天气燥热，天上没一朵云，太阳照到每一片叶子上。一百五十多人，十几辆马车，浩浩荡荡往回走。麦子在他们离去的背影里，迅速地黄透了。

村长马缺也闻到了麦香，每当这个节气村长马缺都格外操心，一有点儿风就把鼻子伸长用心地吸几口气。

有一年，也是这个月份，大早晨，树轻轻晃动，马路上几头牛踩起的土，缓缓向东飘浮，牛也朝东边走，踩起的土远远跑到它们前头。村长马缺站在路边上，鼻子伸进风里，吸了两下，又吸了两下。

什么地方着火了。不像是炊烟的气味。

村长马缺赶紧爬上房，踮起脚尖朝西边望。早晨的炊烟，像一片树林一样挡住视线。炊烟全朝东边弯。村长马缺第一次感到这个村子的炊烟这么稠密，要望过去都有点费力。

村长马缺下了房，快步走到村西头，站到一个粪堆上朝西边望，鼻子一吸一吸地闻了好一阵。是一股很远处的烟火味。它穿过天空和荒野时烟味变薄变旧了，还沾染了些野草、尘沙和云的气息。好像还飘过村里种在西边野滩上的麦地，沾带了些麦粒灌浆时溢出的青郁香气。

什么东西在远处烧掉了。村长马缺在心里嘀咕。

那以后村长马缺时常在梦中看见一场大火，呼呼地烧着，四处都是火，浓烟滚滚。他辨不清那场火在什么地方。村长马缺一直在担心野地上的麦子，会在哪一天烧着。麦子熟透了会自己着。有时远远的一粒火，甚至一颗流星都能把七月的麦地点着。

村长马缺没有把这种担心告诉别人，他一直一个人在心里害怕着一场没烧着的大火。

野地上着过一次火，是在老早村长马缺出生以前。村里王家（也许是刘家）一头牛不想干活，跑到野地里。那头牛左肩胛一块皮磨烂了，好不容易咬牙熬到春耕完。牛本指望春闲时皮能长好，可是伤口化脓了，不住往外流脓水，成群的苍蝇在伤口处叮咬，作蛹。紧接着又是田管、中耕、拉肥料，牛肩胛疼得厉害，站着不走又要挨鞭子，牛实在熬不下去，便在一个夜晚挣脱缰绳跑掉了。人跟着牛蹄印追到野地，眼前一大片荒草灌木，浩浩莽莽，在里面转了半天，差点把自己丢了。人爬到一棵树上喊，嗷嗷地叫，牛死活不出来。

秋天，人又去了野地，在金黄一片的草木中发现牛的蹄印和粪，说明牛还在里面，找了大半天，野地太大草太深，根本看不见牛的影子。人跑到草滩另一头，放了把火，想把牛烧出来。火着了三天三夜，烟灰顺风刮到村里，房顶院子落了一层。

到底把牛烧出来没有，由于时间久了，许多关于前辈人的故事大都是这样剩下半截子。要再说下去就得瞎编。可是，生活中有意思的事一件接一件，真人真事都说不完，谁有闲工夫瞎编故事呢。直到现在，多少年过去了，越来越多的半截子故事扔在村里，没人理识。我也懒得回想。光我自己的事情就够我说大半辈子，我哪顾得上说别人呢。

那年派去探麦的人是刘榆木。这是个啥活都不干的人，整天披一件黑上衣蹲在破墙头上，像个驼背的鸟似的，有时他面朝西双手支着头一看就是大半天，有时尻子对着南边一蹲又是一下午。我们都不知道他在看啥，到底看见了啥。

一个人要是啥都不干，一天到晚盯着一个小地方看上一辈子，肯定能看出些名堂。但我们又不愿意相信刘榆木会看出啥名堂。

他是个懒人，不会比我们知道更多的事情。我们想。

早先刘榆木喜欢蹲在旧马号圈墙上，那堵墙又高又厚实，蹲在上面哪都能看见。后来那堵墙倒了。听人说是刘榆木家里人嫌他啥活不干整日蹲在墙上，气愤地把那堵墙放倒了。后来刘榆木蹲到靠马路的半堵破羊圈墙上。那堵墙矮一些，也单薄，却一直不倒。

谁也使唤不动刘榆木。他家每年收多少粮，种几亩地他从来不管不问。到吃饭的时候他就从墙上跳下来，拍一把屁股上的土，很准时地回到家里。听人说他看着烟囱里冒出来的烟就知道家里做什么饭，饭啥时候做熟。

谁家有急事找刘榆木帮忙，他总是一甩头，丢一句"管我的屎事"，便再不理人家。

村长马缺也没想到要使唤刘榆木，他从粪堆上下来，想着派谁去野地看看，一扭头看见蹲在墙头上的刘榆木。

"刘榆木，给你派个活，到野地去看看麦子熟了没有。"

"麦子熟不熟管我的屎事。"刘榆木头一甩，不理村长了。

村长马缺瞪了刘榆木几眼，正要走开，又突然回过头。

"给你一匹马，你就把马当成这堵墙骑着，边走边看，也不耽误你看事情，只要把麦子熟没熟给我看回来就行了。"

这一年村里又没收上麦子。去晚了几天，麦子黄焦在地里。

派去探麦的刘榆木根本没去野地。他骑马从村西边出去，在村外绕了一圈，绕到村东头，打马朝沙湾镇奔去了。

他去沙湾镇其实也没啥事情。只是他觉得去野地看麦子更没意思。有啥看的，掰指头一算就知道麦子熟没熟。节气到了麦子肯定会熟。时候不到再看麦子还是青的。刘榆木许多年不问地里的事，他已经不知道地开始变得不守节气。好像太阳绕着地转晕了，该熟时不熟，不该熟早熟的事多了。只是这些事又管刘榆木的啥屎事。

天快黑时，刘榆木原打马绕到村西头，一摇一晃走进村，给村长马缺丢下一句"还早呢，再有十天才能熟"，便转身回家去了，再不理识村长的追问。

其实刘榆木也没走到沙湾镇。沙湾镇比野地更远，去了再赶回来非得走到第二天早晨。他只是走到了自己蹲在墙头上远望时的目光尽头，又朝前望了一阵子就掉转马头回来了。

这两截子目光接起来，足足有六十公里。这大概是村里最长远的目光了。刘榆木想。

村长马缺也没完全信刘榆木的话，他总觉得这个整日蹲在墙头上身子悬在半空里的人不太踏实。没等到十天，也就过了七八天吧，村长马缺便带着人马下野地了。结果还是晚来许多天，麦粒几乎全落到地上，又准备发芽长下一茬麦子了。

事后人们埋怨村长马缺，不该把探麦这么重要的事交给懒汉刘榆木。村长马缺辩解说，我总不能让铁块烧红正要打一把镰刀的王铁匠扔下锤子去野地吧。也不能叫水淌在地里正浇苞谷的韩拐子收了水口子去探麦吧。更不能让我村长马缺丢下一村子的事亲自跑去看麦子吧。况且，也不是件啥难事。又不用他的手，也不用他的腿和脑子，只用用他的眼睛，看一下麦子黄了没有。刘榆木不是爱支着头傻看吗。看不正是他的特长吗。

不管怎么说，那年野地上的活又白干了。刘榆木依旧蹲在那截墙头上，像啥事没发生。又一年，我们踏着泥泞春播时从他眼皮底下走过。秋天拉着苞谷回来时从他尻子后面过去。我们懒得理这个人。没心思跟他搭腔说话。他也不理识我们。有些时候我们已经把他当成一个没用的榆木疙瘩。

这样过了几年，又是几年，一切都没有变化。我们还是一样春忙秋忙，夏天也闲不住。刘榆木也还是蹲在破墙头上，像个更加驼背的鸟，只是头发和胡子更苍白蓬乱，衣服更脏旧。低头看看我们自己，也好不到哪去。有时我想，仅仅因为刘榆木少干了些活，就把他看成跟我们不一样的人，这样做是不是合适。

原来我们都认为，一个人没事干就会荒芜掉。还是在好多年前，我们就说刘榆木这一辈子完了，荒掉了。说这些话时我们似乎看见荒草淹没到了刘榆木的脖子根。刘榆木没黑没明地在荒草中奔走，走完一年，下一年还是满当当的荒草，下下一年的荒草仍旧淹没到刘榆木的脖子根。这个人最后就叫荒草吃掉了。我们说。

后来我们发现其实荒草根本没不到刘榆木的脖子根，连他的脚跟都没不到。刘榆木蹲在墙头上。倒是我们这些忙人没明没黑地在荒草中找寻粮食。我们以为不让地荒掉，自己的一辈子就不会荒掉。现在看来，长在人一生中的荒草，不是手中这把锄头能够除掉的。在心中养育了多年的那些东西，和遍野的荒草一样，它枯黄的时候，是不大在乎谁多长了几片叶少结了几颗果的。

心地才是最远的荒地，很少有人能一辈子种好它。

那以后野地种没种麦子我记不清了。大概撂荒了几年。村里的事突然多起来，有些人长大了，有些人长老了，乱哄哄的，人再顾不上远处。

又过了些年，有一户人家搬到野地上。"他在村里住烦了。"我听人这么说。却想不起这户人家烦的时候啥样子，不烦时又是啥样子。他们家住在最东头，西北风一来，全村的土和草叶都刮到他家院子里。牛踩起的土，狗和人踩起的土，老鼠打洞刨出的土，全往他们一家人身上落。

人和牲口放的屁，一个都没跑掉，全顺风钻进他们一家人鼻孔里。

他一生气搬到了野地上。那地方是上风。

我都忘了那户人家姓什么了，也没想过我们踩起的土会全落到这一户人家的院子。我们住在上风，刮风时从不知道把脚放轻些。这户人家搬走后我似乎懂得了一些事情，现在，又忘得差不多了。时间一久，许多事情只剩下一个干骨架子。况且，又刮了许多场风，村里也没一个人闻到住在野地上风处的那户人家放的屁，也没看见哪粒沙尘是他们家牲口故意踩起来眯我们的。

再后来，又有几户人家搬到野地，在那地方凑成一个小村子，村名叫野户地。

现在，我们生活的村子再没有野地可种了。

没有野地可种的那些年，麦子成熟的香味依旧在那时候顺风飘来，人们往往被迷惑，禁不住朝野地的方向望一阵。村长马缺依旧会闻到一股浓浓的什么东西烧着了的烟火味。他依旧会站在村西头的粪堆上眺望一阵。在他身后的破土墙上，刘榆木依旧像个驼背的鸟一样蹲着。

村长马缺如果站得稍远些，站在西边或北边那道沙梁上朝村里望一眼，他就会看见梦中的那场大火，其实一直在村子里燃烧着。村长马缺从没有跑到远处看一眼村子。

村里人也从不知道自己一直在燃烧。

这一村庄人的火焰，在夜晚蹿出房顶几丈高。他们的烟，一缕一缕，冒到村庄上头，被风刮散，灰烬落入荒野和院子里。

他们熄灭了也不知道自己熄灭了。

我因为后来离开村子，在远处看见这一村庄人的火焰。看见他们比熄灭还要寂静的那一场燃烧。我像一根逃出火堆的干柴，幸运而孤单地站在远处。一根柴火看见一堆柴火慢慢被烧掉，然后熄灭。它自己孤单地朽掉，被别处的沙土掩埋。就这些。

我改变的事物

我年轻力盛的那些年，常常扛一把铁锨，像个无事的人，在村外的野地上闲转。我不喜欢在路上溜达，那个时候每条路都有一个明确去处，而我是个毫无目的的人，不希望路把我带到我不情愿的地方。我喜欢一个人在荒野上转悠，看哪不顺眼了，就挖两锨。那片荒野不是谁的，许多草还没有名字，胡乱地长着。我也胡乱地生活着，找不到值得一干的大事。在我年轻力盛的时候，那些很重很累人的活都躲得远远的，不跟我交手，等我老了没力气时又一件接一件来到生活中，欺负一个老掉的人。我想，这就是命运。

有时，我会花一晌午工夫，把一个跟我毫无关系的土包铲平，或在一片平地上无辜地挖一个大坑。我只是不想让一把好锨在我肩上白白生锈。一个在岁月中虚度的人，再搭上一把锨、一幢好房子，甚至几头壮牲口，让它们陪你虚晃荡一世，那才叫不道德呢。当然，在我使唤坏好几把铁锨后，也会想到村里老掉的一些人，没见他们干出啥大事便把自己使唤成这副样子，腰也弯了，骨头也散架了。

几年后当我再经过这片荒地，就会发现我劳动过的地上有了些变化。以往长在土包上的杂草下来了，和平地上的草挤在一起，再显不出谁高谁低，而我挖的那个大坑里，深陷着一窝子墨绿。这时我内心的激动别人是无法体会的——我改变了一小片野草的布局和长势。就因为那么几锨，这片荒野的一个部位发生变化了。每个夏天都落到土包上的雨，从此再找不到这个土包。每个冬天也会有一些雪花迟落地一会儿——我挖的这个坑增大了天空和大地间的距离。对于跑过这片荒野的一头驴来说，这点变化算不了什么，它在荒野上随便撒泡尿也会冲出一个不小的坑来。而对于世代生存在这里的一只小虫，这点变化可谓地覆天翻，有些小虫一辈子都走不了几米，在它的领地随便挖走一锨土，它都会永远迷失。

有时我也会钻进谁家的玉米地，蹲上半天再出来。到了秋天就会有一两株玉米，鹤立鸡群般耸在一片平庸的玉米地中。这是我的业绩，我为这户人家增收了几斤玉米。哪天我去这家借东西，碰巧赶上午饭，我会毫不客气地接过女主人端来的一碗粥和半块玉米饼子。

我是个闲不住的人，却永远不会为某一件事去忙碌。村里人说我是个"闲锤子"，他们靠一年年的勤劳改建了家园，添置了农具和衣服。我还是老样子，他们不知道我改变了什么。

一次我经过沙沟梁，见一棵斜长的胡杨树，有碗口那么粗吧，我想它已经歪着身子活了五六年了。我找了根草绳，拴在邻近的一棵榆树上，费了很大劲把这棵树拉直。干完这件事我就走了。两年后我回来的时候，一眼看见那棵歪斜的胡杨已经长直了，既挺拔又壮实。拉直它的那棵榆树却变歪了。我改变了两棵树的长势，而现在，谁也改变不了它们了。

我把一棵树上的麻雀赶到另一棵树上，把一条渠里的水引进另一条渠。我相信我的每个行为都不同寻常地充满意义。我是一个平常的人，住在这样一个偏僻小村庄里，注定要无所事事地闲逛一辈子。我得给自己找点闲事，有个理由活下去。

我在一头牛屁股上拍了一锨，牛猛蹿几步，落在最后的这头牛一下子到了牛群最前面，碰巧有个买牛的人，这头牛便被选中了。对牛来说，这一锨就是命运。我赶开一头正在交配的黑公羊，让一头急得乱跳的白公羊爬上去，这对我只是个小动作，举手之劳。羊的未来却截然不同了，本该下黑羊羔的那只母羊，因此只能下白羊羔了。黑公羊肯定会恨我的，我不在乎。恨我的那只羊和感激我的那只羊，都在牧羊人的吆喝里，尘土飞扬地翻过了沙梁。

它们再被吆回来时，已是另一个黄昏了。那时我正站在另一道沙梁上，目送落日呢。没人知道这一天的太阳是我送走的。每天黄昏独自站在沙梁上，向太阳挥手告别的那个人就是我。除了我，谁会做这个事呢。家里来个客人走了，都会有人送到村头。照耀了我们一整天的太阳走了，却没有人送别。他们不干的事就是我的事。我一直看着太阳走远，当它落在地平线上，那红彤彤的半个脸庞依依不舍地看着我时，我知道这个村庄里它只认得我。因为，明天一早，独自站在村东头招手迎接日出的，肯定还是我。

当我五十岁的时候，我会很自豪地目睹因为我而成了现在这个样子的大小事物，在长达一生的时间里，我有意无意地改变了它们，让本来黑的变成白，本来向东的去了西边……而这一切，只有我一个人清楚。

我扔在路旁的那根木头，没有谁知道它挡住了什么。它不规则地横在那里，是一种障碍，一段时光中的堤坝，又像是一截指针，一种命运的暗示。每天都会有一些村民坐在木头上，闲扯一个下午。也有几头牲口拴在木头上，一个晚上去不了别处。因为这根木头，人们坐到了一起，扯着闲话商量着明天、明年的事。因此，第二天就有人扛一架农具上南梁坡了，有人骑一匹快马上胡家海子了……而在这个下午之前，人们都没想好该去干什么。没这根木头生活可能会是另一个样子。坐在一间房子里的板凳上和坐在路边的一根木头上商量出的事肯定是完全不同的两种结果。

多少年后当眼前的一切成为结局，时间改变了我，改变了村里的一切。整个老掉的一代人，坐在黄昏里感叹岁月流逝、沧桑巨变。没人知道有些东西是被我改变的。在时间经过这个小村庄的时候，我帮了时间的忙，让该变的一切都有了变迁。我老的时候，我会说，我是在时光中活老的。

那时候的阳光和风

西风进村时首先刮响韩三家的羊圈和房顶。风刮过羊圈，穿过房顶那堆木头时变成另一种声音。它们一前一后到达时，我用一只耳朵听，另一只耳朵捂在枕头上。我想留住一个声音时，就像堵漏洞一样把一只耳朵堵住。不想留住什么时，就把头伸进风里，一只耳朵进，一只耳朵出。

听见日日的撕裂声，风已经刮进韩三家的院子，越过马路吹我家林带的树。那个撕裂声是从韩三家的拴牛桩发出的，它直戳戳插进夜空，把风割开一道大口子，就像一匹布撕成两匹，一场风其实变成了两场。风多长口子就多长，几千里几万里。要在白天我能看见风中的口子，在纷纷刮歪的树梢中，有那么一两枝直直地挺立，一动不动，它正好站在那个无风的缝隙中。

一场漫天大风中总有许多个无风的缝隙。大地上总有一些东西被一场一场的风漏吹，多少年后还保持着最初的样子。我知道有些迎风走的人，能在风中找到这些缝隙，走起来一点不费力。有些马也知道这些缝隙。我们家的个别东西，早在这个缝隙里躲过一场又一场的风。我们长大了，父亲都老了，它们还是原来的样子：铁锤、石磙子、挂在房梁上的筐和担子。

　　许多年前东风进村时最先吹刮我们家的柴垛和墙，那堵东墙早就没泥皮了，墙也一年年变薄。后来李家在东边盖了房子，每年春天的风，总是先翻过李家的房顶，再刮进我们家院子。连每天早晨的太阳，也都先照他们家，后照我们家。

　　早些时候太阳总是一大早就直直照到我们家东墙上，照到柴火和牛圈棚上，照到树根底下的层层落叶上。那柴垛永远是干燥的，圈棚上的草从来没有因潮湿而捂烂一棵，即使柴垛底子也都干干爽爽，第一缕曙光贴着地面平射过来，正好照着最底下那层老柴火。

　　李家的房子把我们的第一缕阳光挡住了，我们一直对他们家有气。当初父亲占着东边这块地不让别人盖房子，目的就是不让别人挡我们家的第一缕阳光。

　　其实李家只有孤孤的两间矮房子，也挡不住多少阳光，柴垛也矮矮的，早晨一开门，我们仍旧一眼望见那片窄长的庄稼地和地那边的广阔荒野。一直到我们搬走，李家也没筑起一个院子，垛起一垛像样的柴火来。但我们还是对他们家有气。那两间矮房子的影子还是影响了我们。夜里下过雨，上午太阳一照，院子里其他地方很快干爽了，那片阴影处却一片泥泞，直到半个下午过去才能走人。春天雪融时节，也是对着他们家房子的那一片雪最晚消尽，那一片草最迟发芽。

　　影响最大的是那几棵白杨树，似乎一下子没了长劲，好几年了还那样细，只往高蹿了几下，西边林带和它同年栽的几棵都能当椽子了。我们原计划这一批杨树长粗后再盖一间住人的房子。随着妹妹和弟弟的出生，大土炕显得更加挤，天一热我就不愿睡在屋里。可是那几棵树老是长不粗。父亲说，它被荫住了。说这句话时，父亲的半个身子正荫在李家那堵墙的影子里，大哥只一个头露在阳光中，我们弟兄几个全在阴影里。

快到太阳底下去。我听大哥喊，荫坏了我们也会像这几棵树一样长不粗。

那时候，盖一间房子要从栽树开始。一般的树五年能长成椽子，十五年长成檩子，树快长成时开始打土块，制作门窗。也有垒一个墙圈放着，等椽子、檩子长成了再封顶。也有这样的情况：树一长大便舍不得伐了，或者已经把盖房子的事忘了。一个院子里总会有一两棵树因为这样那样的原因没派上用场，一直地长了下去，长到它的树荫能盖住大半个院子，长到树心变空，浑身结满树疙瘩，树杈缀满鸟窝，这已不是一般的树了。我们家门前、房后面和西边墙角各长着一棵这样的大树。我们再缺木头时都不会想到要去伐它。

那几棵被墙荫住的树把我们盖房子的计划永远地耽搁了。我们多等了它们两年。这期间生活发生了变化，我们不想在黄沙梁住了，想搬到别处去，许多原来计划好的事情突然间停住。

树会记住许多事

如果我们忘了在这地方生活了多少年，只要锯开一棵树，院墙角上或房后面哪几棵都行，数数上面的圈就大致清楚了。

树会记住许多事。

其他东西也记事，却不可靠。譬如路，会丢掉人的脚印，会分岔，把人引向歧途。人本身又会遗忘许多人和事。当人真的遗忘了那些人和事，人能去问谁呢。

问风。

风从不记得那年秋天顺风走远的那个人。也不会在意它刮到天上飘远的一块红头巾，最后落到哪里。风在哪停住哪就会落下一堆东西。我们丢掉找不见的东西，大都让风挪移了位置。有些多年后被另一场相反的风刮回来，面目全非躺在墙根，像做了一场梦。有些在昏天暗地的大风中飘过村子，越走越远，再也回不到村里。

树从不胡乱走动。几十年、上百年前的那棵榆树，还在老地方站着。我们走了又回来。担心墙会倒塌、房顶被风掀翻卷走、人和牲畜四散迷失，我们把家安在大树底下，房前屋后栽许多树让它快快长大。

树是一场朝天刮的风。刮得慢极了。能看见那些枝叶挨挨挤挤向天上涌，都踏出了路，走出了各种声音。在人的一辈子里，能看见一场风刮到头，停住。像一辆奔跑的马车，甩掉轮子，车体散架，货物坠落一地，最后马扑倒在尘土里，伸长脖子喘几口粗气，然后死去。谁也看不见马车夫在哪里。

风刮到头是一场风的空。

树在天地间丢了东西。

哥，你到地下去找，我向天上找。

树的根和干朝相反方向走了，它们分手的地方坐着我们一家人。父亲背靠树干，母亲坐在小板凳上，儿女们蹲在地上或木头上。刚吃过饭。还要喝一碗水。水喝完还要再坐一阵。院门半开着，看见路上过来过去几个人、几头牛。也不知树根在地下找到什么。我们天天往树上看，似乎看见那些忙碌的枝枝叶叶没找见什么。

找到了它就会喊，把走远的树根喊回来。

父亲，你到土里去找，我们在地上找。

我们家要是一棵树，先父下葬时我就可以说这句话了。我们也会像一棵树一样，伸出所有的枝枝叶叶去找，伸到空中一把一把抓那些多得没人要的阳光和雨，捉那些闲得打盹的云，还有鸟叫和虫鸣，抓回来再一把一把扔掉。不是我要找的，不是的。

我们找到天空就喊你，父亲。找到一滴水一束阳光就叫你，父亲。我们要找什么。

多少年之后我才知道，我们真正要找的，再也找不回来的，是此时此刻的全部生活。它消失了，又正在被遗忘。

那根躺在墙根的干木头是否已将它昔年的繁枝茂叶全部遗忘。我走了，我会记起一生中更加细微的生活情景，我会找到早年落到地上没看见的一根针，记起早年贪玩没留意的半句话、一个眼神。当我回过头去，我对生存便有了更加细微的热爱与耐心。

如果我忘了些什么，匆忙中疏忽了曾经落在头顶的一滴雨、掠过耳畔的一缕风，院子里那棵老榆树就会提醒我。有一棵大榆树靠在背上（就像父亲那时靠着它一样），天地间还有哪些事情想不清楚呢。

我八岁那年，母亲随手挂在树枝上的一个筐，已经随树长得够不着。我十一岁那年秋天，父亲从地里捡回一捆麦子，放在地上怕鸡叼吃，就顺手夹在树杈上，这个树杈也已将那捆麦子举过房顶，举到了半空中。这期间我们似乎远离了生活，再没顾上拿下那个筐，取下那捆麦子。它一年一年缓缓升向天空的时候我们似乎从没看见。

现在那捆原本金黄的麦子已经发灰，麦穗早被鸟啄空。那个筐里或许盛着半筐干红辣皮、几个苞谷棒子，筐沿满是斑白鸟粪，估计里面早已空空的了。

我们竟然有过这样富裕漫长的年月，让一棵树举着沉甸甸的一捆麦子和半筐干红辣皮，一直举过房顶，举到半空喂鸟吃。

"我们早就富裕得把好东西往天上扔了。"

许多年后的一个早春。午后，树还没长出叶子。我们一家人坐在树下喝苞谷糊糊。白面在一个月前就吃完了。苞谷面也余下不多，下午饭只能喝点糊糊。喝完了碗还端着，要愣愣地坐好一会儿，似乎饭没吃完，还应该再吃点什么，却什么都没有了。一家人像在想着什么，又像啥都不想，脑子空空地呆坐着。

大哥仰着头，说了一句话。

我们全仰起头，这才看见夹在树杈上的一捆麦子和挂在树枝上的那个筐。

如果树也忘了那些事，它早早地变成了一根干木头。

"回来吧，别找了，啥都没有。"

树根在地下喊那些枝和叶子。它们听见了，就往回走。先是叶子，一年一年地往回赶，叶子全走光了，枝杈便枯站在那里，像一截没人走的路。枝杈也站不了多久。人不会让一棵死树长时间站在那里。它早站累了，把它放倒，可它已经躺不平，身躯弯扭得只适合立在空气中。我们怕它滚动，一头垫半截土块，中间也用土块掩住。等过段时间，消闲了再把树根挖出来，和躯干放在一起，如果它们有话要说，日子长着呢。一根木头随便往哪一扔就是几十年光景。这期间我们会看见木头张开许多口子，离近了能听见木头开口的声音。木头开一次口，说一句话。等到全身开满口子，木头就没话可说了。我们过去踢一脚，敲两下，声音空空的。根也好，干也罢，里面都没啥东西了。

即便无话可说，也得面对面待着。一个榆木疙瘩，一截歪扭树干，除非修整院子时会动一动。也许还会绕过去。谁会管它呢。在它身下是厚厚的这个秋天、很多个秋天的叶子。在它旁边是我们一家人、牲畜。或许已经是另一户人。

老根底子

李家门前只有不成行的几棵白杨树，细细的，没几个枝叶，连麻雀都不愿落脚。尤其大一点的鸟，或许看都不会看他们家一眼，直端端飞过来，落到我们家树上。

像鹞鹰、喜鹊、猫头鹰这些大鸟，大都住在村外的野滩里，有时飞到村子上头转几圈，大叫几声，往哪棵树上落不往哪棵树上落，都是看人家的。它不会随便落到一棵树上，一般都选上了年纪的老榆树落脚。老榆树大都长在几个老户人家的院子里。邱老二家、张保福家、王多家和我们家树上，就经常落大鸟。李家树上从没有这种福气，连鸟都知道那几棵小树底下的人家是新来的，不可靠。

一户人家新到一个地方，谁都不清楚他会干出些啥事。老鼠都不太敢进新来人家的房子。蚂蚁得三年后才敢把家搬到新来人家的墙根，再过三年才敢把洞打进新来人家的房子。鸟在天空把啥事都看得清楚，院子里的鸡、鸡窝、狗洞，屋檐下的燕子巢，檐上的鸽子。鸟会想，能让这么多动物和睦共居的家园，肯定也会让一只过路的鸟安安心心歇会儿脚。在大树顶上，大鸟看见很多年前另一只大鸟压弯的枝，另一只大鸟踩伤的一块树皮。一棵被大鸟踩弯树头的榆树，最后可能比任何一棵树都长得高大结实。

我们家是黄沙梁有数的几家老户之一，尽管我们来的时间不算长，但后父他们家在这里生活了好几辈人，老庄子住旧了又搬到新庄子。新庄子又快住旧了。在这片荒野上人们已经住旧了两个庄子，像穿破的两只鞋，一只扔在西边的沙沟梁，一只扔在更西边的河湾里。人们住旧一个庄子便往前移一两里，盖起一个新庄子。地大得很，谁都不愿在老地方再盖新房子。房子住破时，路也走坏了，井也喝枯了，地毁得坑坑洼洼，人也死了一大茬，总之，都可以扔掉了。往前走一两里，对一个村庄来说，看似迈了一小步，却耗尽了几百年。

有些东西却会留下来，一些留在人的记忆里，更多的留在木头、土块、车辕、筐子、麻袋及一截皮绳上。这些东西齐全地放在老户人家的院子里。新来的人家顶多有两把新锨，和一把别人扔掉的破锄头，锄刃上的豁口跟他没一点关系，锄背上的那个裂缝也不认识他。用旧一样东西得好几年的时间。尤其一个院子，它像扔一把旧锄头或一截破草绳一样，扔掉好几辈人，才能轮到人抛弃它。

老户人家都有许多扔不掉的老东西。

老户人家的柴垛底下压着几十年前的老柴火，或上百年前的一截歪榆木。全朽了，没用了。这叫柴垛底子。有了它新垛的柴火才不会潮，不会朽掉。

老户人家粮仓里能挖出上辈人吃剩的面和米。老户人家有几头老牲口，牙豁了，腿有点儿瘸，干活慢腾腾的，却再没人抽它鞭子。

　　老户人家羊圈底下都有几米厚的一层肥土。那是几十年上百年的羊粪尿浸泡出来的，挖出来比羊粪还值钱，却从不挖出来，肥肥地放着——除非万不得已。那就叫老根底子。

　　在黄沙梁我们接着后父家的茬往下生活，那是我们的老根底子。在东刮西刮的风和明明暗暗的日月中，我们看见他们上辈人留下的茬头，像一根断开长绳的一头找到了另一头。我们握住他们从黑暗中伸过来的手，接住他们从地底下喘上来的气，从满院子的旧东西中我们找到自己的新生活。他们握那把锨，使那架犁时的感觉又渐渐地、全部地回到我们手里。这些全新的旧日子让我们觉得生活几乎能够完整地、没有尽头地过下去。

一个长梦

在黄沙梁，羊的数量是人的三倍或五倍。牛比人少，有人的三分之一。要按腿算，人腿和狗腿则相差不了几条。一个村庄哪种动物最多，在午后看地上的蹄印脚印便一清二楚。

一般时候，出门碰见两头猪遇到一个人，闻五句驴叫听见一句人声。望穿一群羊，望见一个人。绕过四五垛柴草，看见一两个人——我在一垛麦草后面看见两个抱在一起的人，脸挨脸嘴对嘴，像在玩一个好玩极了的游戏。

谁要问我沙沟沿上谁谁家的人长啥模样，一时半会儿，我可能真说不出。若提起他家的黄狗黑母牛，我立马就能说出它们的毛色、望人望其他东西时的眼神、走路和跑起来的架势，连前腿内侧的一小撮杂毛、后蹄盖一个缺口我都记得清清楚楚。

我记住了太多的牲畜和其他东西，记住很少一些人。他们远远地躲在那些事物后面——人跟在一车草后面，蹲在半堵墙后面，随在尘土飞扬的一群牛后面，站在金黄一片的麦田那边，出现又消失，隐隐约约，很少有人走到跟前，像一只鸡、一条狗那样近地让我看清和认识他们。

树又高又显，草、庄稼遍野遍滩，狗和驴高声叫喊，随地大小便。人低着头，弓着身，小声碎步地活在中间。好几年，我能听见王占元的一两声叫喊，他被什么东西整急了，低哑地叫唤两声，便又听不见。好几个月，我能碰见一次陈有根，他还是那张愁巴巴的脸，肩上扛着锹，手里提一把镰刀，腰绑一根绳，从渠沿下来，一转眼消失在几堵破墙后面，再看不见。

我想起一件东西时，偶尔想起一个人，已经叫不上名字，衣着和相貌也都模糊，只记得是黄沙梁村人，住在北边一间矮土房里，常牵一头秃角白母牛下地，在我熟悉的那堵有一条大斜缝的土墙根坐过一个下午，领一条我认识的黑狗，公的，杂毛，跟我们家黑母狗有过一次恋情。是在我们家房后面的路上，两条狗纠缠在一起，杂毛公狗一会儿亲我们家黑狗的嘴、脖子，一会儿伸长舌头舔黑狗的屁股。我以为它们闹着玩，过了会儿，杂毛公狗的东西伸了出来，红兮兮的一长截子，滴着水。黑母狗也翘起了尾巴。我知道它们要干事，赶紧捡块土块跑过去打开杂毛公狗。我不喜欢杂毛，我喜欢纯黑色的狗。我一直想让沙沟沿张户家的大黑狗配我们家母狗，可是两条狗见了面互不理识，好像前世有仇。

杂毛公狗吟叫着边跑边回头。黑母狗跟着它跑，我叫了两声，叫不回来。它们跑过大渠沿不见了。我追到渠沿上，只看见那边一片苞谷地哗哗地响动。几个月后，黑狗生了窝小狗，八只，一半是杂毛。我不喜欢，没等出月便把四只小杂毛偷偷抱出去，送到西边的闸板口村了。那时小狗还没睁开眼睛。它不知道自己生在哪里，长大了也不会再找回来。

鸡算最多的了，在黄沙梁，除了蚂蚁，遍地都是鸡。每家都养几十、上百只。而且，鸡不住下蛋，蛋又不住地孵出鸡。

鸡这种小东西很难有个准确数目。它到处跑，到处钻。谁都不敢肯定地说他家有多少只鸡，就像不敢肯定他家门前树上有多少只麻雀，屋里有多少只老鼠一样。

数鸡的方法很简单，往院子里撒一把苞谷粒，学着鸡嗓子"咯咯"尖叫几声，鸡便争先恐后从角角落落跑出来，拥在一起争食吃。

如果把谷粒撒成一条线，鸡便像排成一长溜子，两个两个数，数到十八或二十七，你觉着就这么多了，突然又从柴垛下"咯咯"地钻出一只。

有时早晨数二十四只，下午却成了二十三只。又撒了几把苞谷，满院子"咯咯"地叫，站在门口朝路上叫，嗓子叫疼了也没再出来一只。第二天、第三天，仍然是二十三只。你断定这只鸡丢了，已经顶了谁家的锅盖了。你很生气，在没人处骂几句：哪个牲口把我们家鸡吃了。吃了烂嘴。吃了断肠子。然后装得若无其事，背着手，不慌不忙在村里转一圈，眼睛在人家垃圾堆上扫来扫去，想找到一根鸡毛、半只鸡头、几根鸡骨头。这是不可能的事。偷鸡的人都知道把鸡毛挖坑埋掉。坑挖得又深又隐秘，埋好了用脚踩瓷实，撒些干土，扔些草叶子，你从上面走过去都觉察不出。直到有一天，你在邻居家院子边取土，无意中挖出一团鸡毛，黑色，夹杂一点白色短绒毛，你觉得面熟，突然想起二十年前丢掉的一只黑母鸡，肚皮下有块白短毛。咋就没想到他呢。你望着那扇门，怪自己二十年前咋就没想到是邻居家偷的鸡呢。现在啥话都不能说了，两家早成了亲戚，邻居家的儿子娶了你女儿，两家好得跟一家似的。

最好在大中午，突然闯进一家门。"老王，借根麻绳。"看他们慌张的样子——赶紧把锅盖住，碗藏到桌子底下，嘴里顾不上嚼烂的东西一伸脖子咽下去。

或装得很亲热，抱起人家的孩子亲亲，闻闻嘴里有没有鸡肉味。

丢一只鸡对一户人家来说，就像风刮走树上的一片叶子，根本算不上一件事。你要因一只鸡的事扰乱了村子，问东家骂西家，日后你万一丢一头牛，肯定会扰得世界都不得安宁。它是件太小的事情，只能发生在一个人心里。

我记得最深的是一只黑母鸡。全身纯黑纯黑，我们叫它黑夜。它真是一个黑夜的话，你千万别指望在那个夜里看见一丝星光，更别期盼会熬到最后看到天边的一线曙色。那是一种彻底的黑，让人绝望。

黑夜有一次失踪了很长时间，我们都以为它丢了。村里没有谁家有这么纯黑的鸡，有的毛是黑色的，冠却是红的，腿却是白的；有的肚皮下、脖圈里会夹杂些白绒红羽。听大人们说这种黑鸡吃了大补，还能治病。大哥就让我出去转一圈，看看村里那几个一年到头黄皮寡瘦的病秧子，有没有哪个突然壮实起来。如果有，肯定是偷吃了我们的黑鸡。

大概过了一个月，我们忙着地里的事，早出晚归，都快忘了丢鸡的事了。一个早晨，黑夜突然领了一群小鸡，咯咯地唱叫着从柴垛底下出来，径直走到院子里。那些小鸡全黑黑的，像一个个小墨团，简直分不出嘴和爪子。

我们很少收到黑夜下的蛋。它的蛋壳上有黑斑。那时我们家有将近三十只母鸡，每天收十几个蛋。大白鸡的蛋又白又大。芦花鸡的蛋发黄，灰团的蛋小而圆，像乒乓球一样。蛋一收回来，我们就能知道哪只鸡下了哪只没下。

一连十几天没有黑夜的蛋。还以为它下蛋不行。是不是公鸡嫌它黑，不给它采蛋。有时早晨摸黑夜的屁股，有蛋。下午就不知下哪去了。母亲让我盯着黑夜，看它是不是吃我们家的食给别人家窝里下蛋。大半天我都跟在它屁股后面。黑夜从不出院子，也不往别的鸡堆里钻。它有些孤僻，喜欢在树根下刨虫子吃，有时到墙根晒会太阳。我稍不留意，它便不见了。像黑夜一样消失了，剩下一个大白天。

后来我们找到了黑夜筑在柴垛底下的窝，有两米多深。从外面根本看不见，只有小小的一个缝曲折地通到柴垛最里面。我抽掉几根柴火，让小弟钻进去。有一大堆蛋。小弟在里面喊。

母亲让我们把蛋原放了进去，出口伪装成以前的样子。因为这些蛋里已经有红血丝。只有让黑夜再孵一窝黑鸡仔了。

黑夜几乎把它的每个蛋都怜惜地藏起来，孵成了墨黑墨黑的小鸡。母亲不喜欢黑鸡，稍长大些就把它们卖掉了。因为黑鸡能卖到好价，另一方面，我想是母亲不喜欢私自藏蛋坐窝的鸡。家里每年孵几窝小鸡都是母亲做主。到了那个月份，大多数母鸡会抢着坐窝，一天到晚趴在窝里不下来。抢不到鸡窝的便在草垛房顶上围个窝，死死抱住自己的几个蛋，见人走近便啄，有时会飞扑过来啄人的眼睛。鸡一坐窝便不再下蛋。这个时候，母亲就让我们去捉那些坐窝的鸡，用凉水激鸡头。母亲说鸡坐窝是因为没睡醒，母鸡每年这时候要做一个长梦，它梦见些什么人不知道。但我们知道怎样把它弄醒。鸡头往凉水盆里按几次，鸡就马上激醒了，甩几下头，瞪大眼睛，和人惊醒时一模一样。

母鸡坐窝的前一个月，母亲便着手选种蛋。选哪个鸡的蛋不选哪个鸡的蛋也都是母亲做主。母亲喜欢的大白鸡、芦花鸡、黄毛以及黑尾巴的蛋，总是选得最多。母亲不喜欢的黄团、灰毛那些鸡的蛋，她也每只选一两个，到时孵出几个她仍然不喜欢的灰毛黄团来。

哪只鸡都希望自己的蛋能孵成小鸡，而不是被人吃掉。鸡和人一样的，母亲说。即使最难看的灰尾巴，也希望自己的难看尾巴一代一代传下去。

母亲那时已生养了我们七个儿女。母亲要是生蛋，一定生了几大筐了。那些蛋中也只有个别的几个孵成了我们。我们不知道其他更多的没有出生的弟弟妹妹们到哪去了，也许他们从另一个出口走了，我们没等到。

你在地窝子出生那天你大哥一直站在外面远远地等。母亲说，你大哥早就嚷着要个弟弟，他一个人太孤单。老大都这样，他先来了，你们都还没到，他就得等。

你大哥和你之间还有一个，也是男孩，没留住。母亲说。

三弟出生时我和大哥一高一矮站在门外等，从晌午吃过饭，一直等到天快黑时，三弟出生了。

在老黄渠的地窝子里我们又等来一个弟弟和一个妹妹。其他两个弟妹是在黄沙梁出生的。最后一个弟弟出生时，我们已经兄弟姊妹六个，一挨排站在院子里，等了大半天，听见屋子里传来婴儿哭声，我们全拥进去看。又是个男娃。母亲说，这是最后一个了，再没有了。我们全望着母亲，觉得母亲把什么隐藏了。应该还有。还没有来够。我一直认为我会有许多许多的弟弟妹妹，我都看见他们排着长队从很远处一个接一个地走来，我们站在院子里等。我们栽好多树等他们，养好多家畜等他们，种好多地等他们（每年我们都想着再多种点地，多收些粮食，说不定又要添一口人）。

可是母亲说，再没有了。

老黄渠村的地窝子

地窝子门口长着五棵大榆树，两棵向西歪，一棵朝北斜着身子，另两棵弯向东边的大马路。夏天常有过路人走到这儿停下来，在路上的阴凉处歇脚。不时望一眼我们的房子。我们坐在西歪的两棵树荫里，也看着路上人。

日子久了我们便认下这一路人。叫不上名字，不知道他们到哪去，要走多远，却记住了模样。知道他们走过去还会回来。也有不回来的，时间一长被我们忘记。

即使早春和冬天，不需要乘凉，也有人走到这儿停住，放下包裹，蹲在地上缓几口气。似乎这几棵树下的气比别处多似的。

父亲不在的那年夏天，一个中午，路上走来一个瞎子。我们老远看见他背个包袱，头昂得高高，手里的木棍左一下右一下探着路。母亲和大哥拾柴火去了。奶奶、我、三弟、四弟守在家里。小妹刚一岁，抱在奶奶怀里。大中午地窝子里又潮又热，我们只好在榆树下坐着，打一会儿盹，睁眼望一阵远处。

奶奶说，你父亲没打算在这个村里住下去。村子中间有空地方，你父亲不进去。他把地窝子挖在路边，就是想走的时候方便，一抬脚就到路上了。

在甘肃金塔时我们住在城中间，夜里偷着往外跑，一家人背着能带上的家当，偷偷摸摸地走过一条街，又穿过几条黑巷子，才到了车站。

那个小镇的人快跑光了。奶奶说，每天早晨起来都会少几户人。门大锁着，院子空空的。没粮吃，人都慌了，扔下几辈人建起来的家业往外跑。我们家在金塔时有一大院房子，都数不清有多少间。我不想出来，你父亲非要来新疆，没想到把命丢在了这里。

奶奶说着说着就流泪，眼睛不由自主转向河湾荒草间的一堆新土，那是父亲的坟。本来村里死人都埋在西边的碱梁滩。我们在老黄渠村就外爷外奶一家亲戚。母亲请不来更多的人抬棺材。碱梁滩太远。好不容易请来的几个人磨磨蹭蹭，都不愿朝西边去。后来就选了对着我们家门的河湾里简单地埋了。

当时那片河湾只父亲孤零零一座坟，过了一年半旁边多了奶奶的一座坟。又过许多年（二十年或二十二年），又添了姑妈的坟。那时这片河湾已变成大块墓地。曾经和我们、我父亲、奶奶一起在老黄渠村生活过的那一茬人，大部分都埋在了这里。坟地离村子已经很近，似乎死的人突然多起来，人们已懒得将他们埋到远处。

那个瞎子已走到树底下。不知他怎么摸见路的，似乎手中那根木棍头上长着眼睛。快走过树荫了，他突然停住，朝天望了望，两只眼睛瓷实实的。他好像觉到了阴凉，手中的木棍朝东边敲打了几下，愣了一会儿，又突然转身朝西边敲打过来。

我们被他的举动吓坏了，全偎在奶奶身旁，一声不敢吭。路上再没人，村子里也看不见人，只有一个瞎子敲打着木棍朝我一点点走近。他敲到那棵树干了，用一只手摸了摸树皮，又前走了几步。我们害怕得心都要跳出来。他再走几步，那根木棍就敲到我们的腿了。这时他却停住了，耳朵对着村子那边细听了一会儿，大概听见村子里的狗叫声了，他稍微转了下身，朝着村子那边敲打去了。

后来我们知道这个瞎子是村里一户姓魏人家的老父亲。这户人从口内逃荒来新疆时，把瞎子父亲扔在了家里。后来不知瞎子从哪得到这个地址，背一个包袱，拿一根木棍便上路了。从口内坐火车到新疆省城，又坐汽车到县城，从县城坐马车到乡上，然后步行，一路打问着，用耳朵辨认方向，听着这片荒野上稀疏的狗吠人声，找到一个村子又一个村子，最后来到老黄渠。

他没听见我们家的一丝声息。他几乎从我们脚边走过去。在老黄渠村我们是声音最小的一户人家。只有两次——一次是父亲死了，一次奶奶去世，我们的哭喊声惊动村子。那以后我们度过了愈加悄寂的一段日子，直到一年春天，后父赶来马车，在那个早晨的狗吠声里扒掉房盖，装上不多的几根烂木头和破旧家什离开这个村子。

经常有树根顶破墙壁伸进地窝子。春天墙上一层白毛根。那些细小根须一不小心伸进我们的屋子，几天就长到一拃长。父亲说挖地窝子时砍断了好多树根。一枝根有人的大腿粗，是中间那棵歪榆树的，砍它时那棵树不住地抖。

抖下来许多叶子。父亲说。

应该是上个秋天的叶子。父亲挖地窝子是在开春，榆钱才刚吐蕾呢。每年秋天树上都有一些不愿落地的叶子，片片地缀在枝头。秋雨中飘零一些，冬天刮寒风时雪地上坠落几片。其余的一直坚守到来年的新叶长出。

一棵树上总有几片老叶子看见下年的新叶子。早先每到春天就听奶奶说这句话。我以为她没事了说废话呢。谁朝春天的榆树上望几眼都能说出比这更有意思的一句话来。

后来我知道奶奶在说我们家斜对过的徐老太太。她们家是村里的老户，一排十几间房子，有钱有势。徐老太太比奶奶还显年轻些，已经抱上玄孙子。奶奶那时已下不了炕，她知道自己熬不到我们长大成人，看不到我们娶妻生子。

那个根又在动了。奶奶说这句话时又是一年春天了。前一年春天她便说过一次。

奶奶说的是从炕底下穿过来的那条粗树根。它一往前伸，地上便宣起一层虚土。另一条粗树根贴着南边墙壁向西伸去。那片墙上也常往下掉土。

粗树根是我们家地上唯一的一片硬地皮，劈柴砸东西都垫在粗树根上。一砸到树根外面的榆树便震动，树上鸟会惊飞起来，有时震落几片叶子。刮大风时屋里的粗树根也会动。它似乎在用劲。耳朵贴上去能听见刮过整棵大树的呜呜风声。

在老黄渠村的那几年，我们似乎生活在地底下。半夜很静时，地上的脚步声停息，能听见土里有一些东西在动。辨不清是树根在往前伸，还是虫子在地下说话。一只老鼠打洞，有一次打到地窝子里。那个洞在半墙上。我们一觉醒来，墙上多了拳头大一个窟窿。地上没土，我们知道是从外面挖进来的。也许老鼠在地下听到了我们的说话声，便朝这边挖掘过来，老鼠知道有人处便有粮食。或许老鼠想建一个粮仓，洞挖得更深更隐秘些，没想到和我们的地窝子打通了。

　　一到深夜地下的声音便窸窸窣窣，似有似无。尤其半夜里一个人突然觉醒，那些响动无声地压盖过来，像是自己脑子里的声音，又像在土里。那些挖洞的小虫子，小心翼翼，刨一阵土停下来听听动静。这块土地里许多动物在挖洞，小虫子会在地下很灵敏地避开大虫子。大虫子会避开更大的虫子。我们家是这块地下最大的虫子，我们的说话声、哭喊声、锅碗水桶的碰敲声，或许使许多挖向这里的洞穴改变了方向，也使一些总爱与人共居的小生命闻声找到了这里。

　　除了刮风时树根的响动，我们没听到有什么更大的声音从地下传来。地上的事情一件接一件冲击着我们家。父亲死了。隔两年奶奶也死了。我们像一窝老鼠一样藏在这个村庄的地下，偶尔探头望望，出来晒会儿太阳。村里一阵接一阵地嘈闹着。那些年大地上发生的所有事情都在这个村子发生了：武斗、"三反"、"五反"，一个又一个的运动。父亲死后我们的生活大部分在地窝子里。我们开始害怕这个村子。土块在空中乱飞。眼睛发红的狗四处游走，盯着人脸上的肉、腿上的肉。一忽儿一群扛铁叉的人喊叫着跑过去，一忽儿一群骑马人挥舞镰刀冲过来。隔一阵响起一片哭声，说是又死人了。树上很少的枝和叶子。树都没头。鸟惊叫着飞出村子。有时一条狗从屋顶跑过，有时一个人跑过。我们蹲在底下，看屋顶簌簌落土，椽子嘎巴巴响。

下雨时雨水从门口灌进地窝子。门口外打过一道防雨埂子，雨水还是灌进来。尤其一夜大雨，早晨地下全是水，鞋子和脸盆漂在上面。小木凳漂在上面。雨后第一件事是往外端水，一脸盆一脸盆地端。柴火泡湿了，生不了火。炕上毡子被子都湿湿的。

冬天每一场大雪后，门都会堵死。只有从天窗出去，铲开堆在门道口的厚厚积雪，才能打开门。钻天窗是我的本事。先捅开天窗盖，我站到大哥肩上，大哥站到小木凳上。天窗口的积雪一尺多厚，先用手把雪拨开。雪落到大哥脖子里，他就喊，身子使劲晃动。我赶紧一纵身，爬到屋顶。

我们在那几棵大榆树的根下生活了八九年，听到了树的全部声音。树根也听到了我们家的所有声音。它会不会为我们保密。我们可从没向谁说过一棵树的事。尽管我知道树的许多秘密。现在，那些大树一棵都没有时，我才一棵一棵地，讲出那些树的故事。

树在风中哗哗响的时候，我会怀疑是那棵榆树在把我们家的事告诉另一棵树，另一棵又传给另一棵，一时天地间哗哗响彻的，或许是我们一家人的一件细碎小事。

那五棵榆树在我们离开老黄渠村的前一年秋天，被砍掉了两棵。是弯向马路的那两棵。树不是我们家的，我们不敢说什么，我们在这安家时树已经长得很大。

母亲还是上前阻止。他们要全砍掉，搭集体的牛圈棚。母亲说，给我们留下两棵吧，我们啥都没有了，留棵树给我的孩子们乘荫凉吧。

他们先砍倒了两棵。来了好多人。砍树的声音把半村子人都招来了。母亲抱着一棵树流着眼泪。砍倒的两棵大树横在马路上。

要砍中间那棵树了，他们突然犹豫起来。

再别砍了，就剩这几棵大榆树了。

留下吧，让娃娃们乘个凉。

拥来的村里人也开始说话了。

二十多年后的一个清明节，我们兄弟姊妹几个去给父亲和奶奶祭坟。末了转到村子里，找我们家的地窝子旧址，却再找不到了。老黄渠早已重新规划。房子都一排一排整整齐齐的。那条马路不知被他们挪到哪里。我们打问那几棵大榆树。找到那几棵榆树就会找到我们的地窝子遗址。

早没有了。一个村民对我们说。

都没有了几十年了。

高处

　　房子很高，木梯也不结实。我独自爬上房顶往下搬东西。都是些没用的东西，因为没用被放到了高处，多少年房子承受它们，现在快塌了。房顶到处是窟窿，墙上也布满大大小小的裂缝。我一件一件往下扔。开始扔一些小东西，后来扔大东西，它们坠地的声音越来越大，在村子里引起接连不断的巨大回声。我被震住了，站在房上呆呆地不敢动。村子里空荡荡的，又刮起了风，树上没一片叶子，天空也没一点东西飘过。突然又剩下我一个人。梯子趴在墙上，短了半截子，我一下害怕起来，想喊，又不敢叫出声——好多年前母亲让我站在房上看父亲回来没有的那个晚上也是这种感觉。我挪动了两步，房顶嘎巴巴响。我俯下身，扒在一个窟窿上朝里面望，看见家里人全在屋子里，好像刚吃过饭。屋子里很暗，却一切都能看见。父亲斜躺在炕里边抽烟。母亲坐在炕沿纳鞋底，饭桌上堆满空碗，人都没散，静悄悄地围坐在桌子边，大哥、三弟、四弟、梅子，我看见坐在他们中间的我，戴一顶旧黄帽子，又瘦又小，愣愣地想着事情，突然仰起头，惊讶地看着屋顶窟窿上望着自己的一张脸。

走近黄沙梁

我一直在找一个机会回来，二十年前，当我坐在装满旧家具和柴火木头的拖拉机上，看着黄沙梁村一摇一晃远去时，我就想到了我还会回来。那时我并不知道这个小村庄对我的一生有多大意义。它像做一件泥活一样完成了我。在我像一团泥巴可以捏来塑去的那时，它把我顺手往模子里一扔，随意捣揉一番，一块叫刘二的土块便成形了。在那一刻，我还有许多重塑的机会，如果它觉得不满意，可以揉扁，洒点水，重脱一次，再重脱一次。但我知道一个村庄不会把更多的时间花在一个人身上，尽管一个人可以把一生时光耗费到村庄。可是现在不行了。土块已经变硬、成形。我再也无法成为另外一个人。甚至，无法再成为别的地方的人。尽管我以后去过许多地方，在另外的土地和人群中生活多年，它们最终没有改变我。在我对许许多多的人生目标感到无望和淡漠时，我发现自己正一步步地走近这个叫黄沙梁的村子。

我记得我们是在哗哗的落叶声里离开黄沙梁村。满天空飞着叶子，拖拉机碾起的一长溜尘土，像一面大旗向东飘扬。我记住那场风的颜色，金黄金黄。记住那些树在风中弯曲的样子，这跟每年秋天的风没什么不同。每年秋天，我们都在一场一场的西风里，把田野上最后的一点粮食收回来，最后一片禾秆割倒，拉回家码上草垛，赶到头一场雪落下时，地里的活已全部干完，一年就算结束了。腾空的田野里除了放牲口、落雪，再没有人的事情。

只是这一次，我们在这片田野上的活彻底干完了。我们扔下几十年的生活。不知将要搬去的那地方的风会怎样地吹刮我们。

拖拉机刚一出村两个妹妹便哭了。母亲一声不吭。我侧躺在车厢的最后面，面朝着村子，一把干草遮在脸上，泪水禁不住流了出来。

这是我们第二次搬家了。

应该是第三次。第一次是父母从甘肃逃荒到新疆。我从没问过母亲，从甘肃金塔县到新疆乌鲁木齐再到沙湾县城那段漫长路途中发生的事情，我相信属于母亲的记忆，迟早会传到我这里。

"到老黄渠村的第二年你就出生了，生在你父亲挖的地窝子里。进新疆时我们家四口人，你来了，又多了一口。"

早年我听母亲说起过一次。我有心没心地听着，像听一件跟自己没关系的事情。母亲说的是她自己的记忆。我还不知道那时我一睁眼看见的，和我在母亲腹中听见和感觉到的一切是什么样子。

"我们在金塔住高高的房子，到新疆住进一个挖在地下的坑洞里，里面阴冷潮湿，我还想着，我在这个黑洞洞的地窝子里能生出一个怎样的孩子。"

"你在肚子里动的时候我有一种奇怪的感觉，觉得你已经懂事了，啥都知道。生你大哥时我没感到什么，生你弟弟妹妹时也没这种感觉。"

"你爹给你起了小名，叫进疆子。意思是进新疆得子。后来又起了大名，里面有了个亮字。"

从我记事起村里人就叫我刘二，一直这样叫。家从老黄渠村搬到黄沙梁后还这样叫。他们叫我大哥刘大，叫我两个弟弟刘三、刘四。我知道如果我不离开黄沙梁，等我五十岁或六十岁时，他们就会叫我刘老二。

好多树

我离开的时候，我想，无论哪一年，我重新出现在黄沙梁，我都会扛一把锨，轻松自若地回到他们中间。像以往的那些日子一样，我和路上的人打着招呼，说些没用的话。跟擦肩而过的牲畜对望一眼。扬锨拍一下牛屁股，被它善意地尥一蹄子，笑着跑开几步。我知道该在什么地方，离开大路，顺那条杂草拥围的小路走到自己的地里。我知道干剩下的活还在等着我呢——那块翻了一半的麦茬地，没打到头的一截埂子，因为另一件事情耽搁没有修通的一段毛渠……只要我一挥锨，便会接着剩下的那个茬干下去。接着那时的声音说笑，接着那时的情分与村人往来，接着那时的早和晚、饱和饥、手劲和脚力。

事实上许多年月使我再无法走到这个村庄跟前，无法再握住从前那把锨。

二十年前我翻过去的一锨土，已经被人翻回来。

这个村庄干了件亏本的事。它费了那么大劲，刚把我喂养到能扛锨、能挥锄、能当个人使唤时，我却一拍屁股离开了它，到别处去操劳卖力。

我可能对不住这个村子。

以后多少年里，这片田野上少了一个种地的人，有些地因此荒芜。路上少了一个奔波的人，一些尘土不再踩起，一些去处因此荒寂。村里少了一个说话的人，有些事情不再被说出。对黄沙梁来说，这算多大的损失呢。

但另一方面，村里少了一个吃饭的人、一个吸气喝水的人、一个多少惹点是非想点馊主意的人、一个夜夜做梦并把梦当真的人，村里的生活是否因此清静而富裕。

那时候，我曾把哪件割舍不下的事交代委托给别人。

我们做过多么久远的打算啊——把院墙垒得又高又厚实，每年在房子周围的空地上栽树，树干还是锨把粗的时候，我们便已经给它派上了用途。

这棵树将来是根好橡子料呢。

说不定能长成好檩条，树干又直又匀称。

到时候看吧，长得好就让它再长几年，成个大材。长不好就早砍掉，地方腾出来重栽树。

这棵就当辕木吧，弯度正合适，等它长粗，我们也该做辆新牛车了。

哎，这棵完蛋了，肯定啥材都不成，栽时挺直顺的，咋长着长着树头闪过来了，好像它在躲什么东西。

一颗飞过来的土块？它头一偏，再没回过去。

或许它觉得，土块还会飞过来，那片空间不安全，它只好偏着头斜着身子长。

我总觉得，是只鸟压弯的。一只大鸟。落到树梢上，蹲了一晚上。

一只大鸟。

它一直看着我们家的房子。

看着我们家的门和窗子。看着我们家的灶台和锅。

那个晚上，没有一个人出来。狗睡着了。搭在细绳上的旧衣服，魂影似的摆晃着。

可能有月亮，院子照得跟白天一样。

放在木车上的铁锨，白刃闪着光。

那时我们全做梦去了。在梦中远离家乡。一只鸟落在屋旁的树梢上，一动不动，盯着我们空落落的屋院，看了一晚上。

它飞走的时候，树梢再没有力气，抬起头来。

我们早帮帮它就好了，用根木头并住，把它绑直。可是现在不行了。

它们最终一棵都没长成我们希望的那么粗。

我们在黄沙梁的生活到头了。除了有数的几棵歪柳树，有幸留下来继续生长，其余的全被我们砍了去。它们在黄沙梁的生长到此为止。根留在土里，或许来年生发出几枝嫩芽，若不被牛啃掉、孩子折掉，多少年后会长成粗实茂盛的一棵树。不过，那都是新房主冯三的事了。他一个光棍，没儿没女，能像我们一样期望着一棵棵的树长大长粗，长成将来生活中一件件有用的东西吗。

我只记得我们希望它长成好橼子的那棵，砍去后做了锨把，稍粗，刮削了一番，用了三五年，后来别断了，扔在院子里。再后来就不见了。元兴宫的土地比黄沙梁的僵硬，挖起来费锨又费力，根本长不出好东西。父亲一来到这个村子便后悔了。我们从沙漠边迁到一个荒山坡上。好在总算出来了。元兴宫离县城很近，二十多公里，它南边的荒山中窝着好几个更偏远贫僻的村子，相比之下它是好地方了。黄沙梁却无法跟谁比，它最僻远。

另一棵，我们曾指望它长成檩条的那棵，在元兴宫盖房子时本打算用作椽子，嫌细，刮了皮更显细弱，便被扔到一边，后来搭葡萄架用上了，担在架顶上，经过几年风吹日晒，表皮黑旧不说，中间明显弯垂下来。看来它确实没有长粗，受不住多少压力。不知我们家往县城搬迁时，这根木头扔了还是又拉了回来。我想，大概我已经不认识它了。几经搬迁，我们家的木头有用的大都盖了房子，剩几根弯弯扭扭的，现在，扔在县城边的院子里，和那堆梭梭柴躺在一起，一天天地朽去。

留下这个村庄

　　我没想这样早地回到黄沙梁。应该再晚一些。再晚一些。黄沙梁埋着太多的往事。我不想过早地触动它。一旦我挨近那些房子和地，一旦我的脚踩上那条土路，我一生的回想将从此开始。我会越来越深地陷入以往的年月里，再没有机会扭头看一眼我未来的日子。

　　我来老沙湾只是为了离它稍近一些，能隐约听见它的一点声音，闻到它的一丝气息。我给自己留下这个村庄，今生今世，我都不会轻易地走进它，打扰它。

　　我会克制地，不让自己去踩那条路、推那扇门、开那页窗……在我的感觉中它们安静下来，树停住生长，土路上还是我离开时的那几行脚印，牲畜和人，也是那时的样子，走或叫，都无声无息。那扇门永远为我一个人虚掩着，木窗半合，树叶铺满院子，风不再吹刮它们。

　　我曾在一个秋天的傍晚，站在黄沙梁东边的荒野上，让吹过它的秋风一遍遍吹刮我的身体。我本来可以绕过河湾走进村子，却没这样做。我在荒野上找我熟悉的一棵老榆树。连根都没有了。根挖走后留下的树坑也让风刮平了。我只好站在它站立过的那地方，像一截枯木一样，迎风张望着那个已经光秃秃的村子。

我太熟悉这里的风了。多少年前它这样吹来时，我还是个孩子。多少年后我依旧像一个孩子，怀着初次的、莫名的惊奇、惆怅和欢喜，任由它一遍遍地吹拂。它吹那些秃墙一样吹我长大硬朗的身体，刮乱草垛一样刮我的头发，抖动树叶般抖我浑身的衣服。我感到它要穿透我了。我敞开心，松开每一节骨缝，让穿过村庄的一场风，呼啸着穿过我。那一刻，我就像与它静静相守的另一个村庄。它看不见我。我把它的一草一木，一事一物，把所有它知道不知道的全拿走了，收藏了，它不知觉。它快变成一片一无所有的废墟和影子了，它不理识。

还有一次，我几乎走到这个村庄跟前了。我搭乘认识不久的一个朋友的汽车，到沙梁下的下闸板口村随他看亲戚。一次偶然相遇中，这位朋友听说我是沙湾县人，就问我知不知道下闸板口村，他的老表舅在这个村子里，也是甘肃人，三十年前逃荒进新疆后没了音信，前不久刚联系上。他想去看看。

我说我熟悉那个地方，正好也想去一趟，可以随他同去。

我没告诉这个朋友我是黄沙梁人。一开始他便误认为我在沙湾县城长大。我已不太像一个农民。当车穿过那些荒野和田地，渐渐地接近黄沙梁时，早年的生活情景像泉水一般涌上心头。有几次，我险些就要忍不住说出来了，又觉得不应该把这么大的隐秘告诉一个才认识不久的人。

故乡是一个人的羞涩处，也是一个人最大的隐秘。我把故乡隐藏在身后，单枪匹马去闯荡生活。我在世界的任何一个地方走动、居住和生活，那不是我的，我不会留下脚印。

我是在黄沙梁长大的树木，不管我的权伸到哪里，枝条蔓过篱笆和墙，在别处开了花结了果，我的根还在黄沙梁。

他们整不死我，也无法改变我。

他们可以修理我的枝条，砍折我的丫权，但无法整治我的根。他们的刀斧伸不到黄沙梁。

我和你相处再久，交情再深，只要你没去过（不知道）我的故乡，在内心深处我们便是陌路人。

汽车在不停的颠簸中驶过冒着热气的早春田野，到达下闸板口村已是半下午。这是离黄沙梁最近的一个村子，相距三四里路。我担心这个村里的人会认出我。他们每个人我看着都熟悉，像那条大路那片旧房子一样熟悉。虽然叫不上名字。那时我几乎天天穿过这个村子到十里外的上闸板口村上学，村里的狗都认下我，不拦路追咬了。

我没跟那个朋友进他老舅家。我在马路上下了车。已经没人认得我。我从村中间穿过时，碰上好几个熟人，他们看一眼我，原低头走路或干活。蹿出一条白狗，险些咬住我的腿。我一蹲身，它后退了几步。再扑咬时被一个老人叫住。

"好着呢嘛，老人家。"我说。

我认识这个老人。我那时经常从他家门口过。这是一大户人家，院子很大，里面时常有许多人。每次路过院门我都朝里望一眼。有时他们也朝外看一眼。

老人家没有理我的问候。他望了一眼我，低头摸着白狗的脖子。

"黄沙梁还有哪些人。"我又问。

"不知道。"他没抬头，像对着狗耳朵在说。

"王占还在不在。"

"在呢。去年冬天见他穿个皮袄从门口过去。不过也老掉了。"他仍没抬头。

我又问了黄沙梁的一些事情，他都不知道。

那村子经常没人。他说，尤其农忙时一连几个月听不到一点人声。也不知道在忙啥。

我走出村子，站在村后的沙梁上，久久久久地看着近在眼底的黄沙梁村。它像一堆破旧东西扔在荒野里。正是黄昏，四野里零星的人和牲畜，缓缓地朝村庄移动。到收工回家的时候了。烟尘稀淡地散在村庄上空。人说话的声音、狗叫声、开门的声音、铁锨锄头碰击的声音……听上去远远的，像远在多少年前。

我莫名地流着泪。什么时候，这个村庄的喧闹中，能再加进我的一两句声音，加在那声牛哞的后面，那个敲门声前面，或者那个母亲叫唤孩子的声音中间……

我突然那么渴望听见自己的声音，哪怕极微小的一声。

我知道它早已经不在那里。

一截土墙

我走的时候还年轻,二十来岁。不知我说过的话在以后多少年里有没有人偶尔提起。我做过的事会不会一年一年地影响着村里的人。那时我曾认为什么是最重要迫切的,并为此付出了多少青春时日。现在看来,我留在这个村庄里影响最深远的一件事,是打了这堵歪扭的土院墙。

我能想到在我走后的二十年里,这堵土墙每天晌午都把它的影子,从远处一点一点收回来,又在下午一寸寸地覆盖向另一个方向。它好像做着这样一件事:上午把黑暗全收回到墙根里,下午又将它伸到大地的极远处。一堵土墙的影子能伸多远谁也说不清楚,半下午的时候,它的影子里顶多能坐三四个人,外加一条狗,七八只鸡。到了午后,半个村庄都在阴影中。再过一会儿,影子便没了尽头。整个大地都在一堵土墙的阴影里,也在和土墙同高的一个人或一头牛的阴影里。

我们从早晨开始打那截墙。那一年四弟十一岁。三弟十三岁。我十五岁。没等我们再长大些那段篱笆墙便不行了。根部的枝条朽了，到处是豁口和洞。几根木桩也不稳，一刮风前俯后仰，呜呜叫。那天早晨篱笆朝里倾斜，昨天下午还好端端，可能夜里风刮的。我们没听见风刮响屋檐和树叶。可能一小股贼风，刮斜篱笆便跑了。父亲打量了一阵，过去蹬了一脚，整段篱笆齐齐倒了。靠近篱笆的几行菜也压倒了。我们以为父亲跟风生气，都不吭声地走过去，想把篱笆扶起来，再栽几个桩，加固加固。父亲说，算了，打段土墙吧。

母亲喊着吃早饭啦。

太阳从我们家柴垛后面，露出小半块脸。父亲从邱老二家扛来一个梯子，我从韩四家扛来一个梯子。打头堵墙得两个梯子，一头立一个，两边各并四根直椽子，拿绳绑住，中间槽子里填土，夯实，再往上移椽子，墙便一截一截升高。

我们家的梯子用一根独木做的，打墙用不着。木头在一米多高处分成两叉，叉上横绑了几根木棍踏脚，趴在墙上像个头朝下的人，朝上叉着两条腿，看着不太稳当，却也没人掉下来过。梯子稍短些，搭斜了够不着，只能贴墙近些，这样人爬上去总担心朝后跌过去。梯子离房顶差一截子，上房时还容易，下的时候就困难，一只脚伸下来，探几下挨不着梯子。挨着了，颤颤悠悠不稳实。

只有我们家人敢用这个梯子上房。它看上去确实不像个梯子。一根木头顶着地，两个细叉挨墙，咋看都不稳当。一天中午正吃午饭，韩三和婆姨吵开了架，我们端碗出来看，没听清为啥。架吵到火爆处，只听韩三大叫一声"不过了"，砰砰啪啪砸了几个碗，顺手一提锅耳，半锅饭倒进灶坑里，激起一股烟灰。韩三提着锅奔到路上，抡圆了一甩，锅落到我们家房顶上，嗵的一声响。我父亲不愿意了，跑出院子。

"韩三，你不过了我们还要过，房顶砸坏了可让你赔。"

下午，太阳快落时，我们在院子里乘凉，韩三进来了，向父亲道了个歉，说要把扔到房顶上的锅取回去做饭。婆姨站在路上，探着头望，不好意思进来。父亲说，你自己上去拿吧。我这房顶三年没漏雨，你一锅砸得要是漏开了雨，到时候可要你帮着上房泥。韩三端详着梯子不敢上，回头叫来了儿子韩四娃，四娃跟我弟弟一样大，爬了两下，赶紧跳下来。

"没事。没事。"我们一个劲喊着，他们还是不敢上，望望我们，又望望梯子，好像认为我们有意要害他们。

后来四娃扛来自家的梯子，上房把锅拿下来。第二年秋天那块房顶果然漏雨了。第三年夏天上了次房泥，我们兄弟四个上的，父亲也参加了。那时我觉得自己已经长大，没什么是我不能干的。

原以为父亲会带着我们打那堵墙。他栽好梯子，椽子并排绑起来，后退了几步，斜眼瞄了几下，过来在一边架子上踩了两脚，往槽子里扔了几锹土，然后扛着锹下地去了。

父亲把这件活扔给我们兄弟仨了。

我提夯，三弟四弟上土。一堵新墙就在那个上午缓慢费力地向上升起。我们第一次打墙，但经常看大人们打墙，所以不用父亲教就知道怎样往上移椽子，怎样把椽头用绳绑住，再用一个木棍把绳绞紧别牢实。我们劲太小，砸两下夯就得抱着夯把喘三口气。我们担心自己劲小，夯不结实，所以每一处都多夯几次，结果这堵墙打得过于结实，以致多少年后其他院墙早倒塌了，这堵墙还好端端站着，墙体被一场一场的风刮磨得光光溜溜，像岩石一样。只是墙中间那个窟窿，比以前大多了，能钻过一条狗。

这个窟窿是我和三弟挖的，当时只有锨头大，半墙深。为找一把小斧头我们在刚打好的墙上挖了一个洞。墙打到一米多高，再填一层土就可以封顶时，那把小斧头不见了。

"会不会打到墙里去了。"我望着三弟。

"刚才不是你拿着吗，快想想放到哪了。"三弟瞪着四弟。

四弟坐在土堆上，已经累得没劲说话。眼睛望着墙，愣望了一阵，站起来，举个木棍踮起脚尖在墙中间画了一个斧头形状。我和三弟你一锨我一锨，挖到墙中间时，看见那把小斧头平躺在墙体里，像是睡着了似的。

斧头掏出后留下的那个窟窿，我们用湿土塞住，用手按瓷实。可是土一干边缘便裂开很宽的缝隙，没过多久便脱落下来。我们再没去管它，又过了许久，也许是一两年，或者三五年，那个窟窿竟通了，变成一个洞。三弟说是猫挖通的，有一次他看见黑猫趴在这个窟窿上挖土。我说不是，肯定是风刮通的。我第一次扒在这个洞口朝外望时，一股西风猛窜进来，水桶那么粗的一股风，夹带着土。其他的风正张狂地翻过院墙，顷刻间满院子是风，树疯狂地摇动，筐在地上滚，一件蓝衣服飘起来，袖子伸开，像个半截身子的人飞在天上。我贴着墙，挨着那个洞站着。风吹过它时发出喔喔的声音，像一个人鼓圆了嘴朝远处喊。夜里刮风时这个声音很吓人，像在喊人的魂，听着听着人便走进一场遥远的大风里。

后来我用一墩骆驼刺把它塞住，根朝里，刺朝外，还在上面糊了两锨泥，刮风时那种声音就没有了。我们搬家那天看见院墙上蹲着坐着好些人，才突然觉得这个院子再不是我们的了，那些院墙再也阻挡不住什么，人都爬到墙头上了。我们在的时候从没有哪个外人敢爬上院墙。从它上面翻进翻出的，只有风。在它头上落脚、身上栖息的只有鸟和蜻蜓。

现在那些蜻蜓依旧趴在墙上晒太阳，一动不动。它们不知道打这堵墙的人回来了。

如果没有这堵墙，没有二十年前那一天的劳动，这个地方可能会长几棵树、一些杂草。也可能光秃秃，啥也没有。

如果我趁黑把这堵墙移走，明天蜻蜓会不会飞来，一动不动，趴在空气上。

如果我收回二十年前那一天（那许多年）的劳动，从这个村庄里抽掉我亲手给予它的那部分——韩三家盖厨房时我帮忙垒的两层土块抹的一片墙泥；冯七家上屋梁时我从下面抬举的一把力气；我砍倒或栽植的树，踏平或踩成坑洼的那段路；我收割的那片麦地，趁夜从远处引来的一渠水；我说过的话，拴在门边柱子上的狗；我吸进和呼出的气，割草喂饱的羊和牛——黄沙梁会不会变成另个样子。

或许已经有人，从黄沙梁抽走了他们给予它的那部分。有的房子倒了，有的路不再通向一个地方，田野重新荒芜，树消失或死掉。有的墙上出现豁口和洞，说明有人将他们垒筑的那部分抽走了。其他人的劳动残立在风雨中。更多的人，没有来得及从黄沙梁收回他们的劳动。或许他们忘记了，或许黄沙梁忘记了他们。

过去千百年后，大地上许多东西都会无人认领。

两个村子

我把黄沙梁和老黄渠当成了一个村子。在我多少年的梦境与回忆中，它们叠合在一起。

两个村子里都横着一条不知修于何年从没见淌水的大渠，渠沿又高又厚实。村子都坐落在河的拐弯处。河挨着村子拐向远处，又在村后绕回来，形成一大片河湾地。

这是同一条河——玛纳斯河。

我那时真不知道有一天会来到这条河的下游。在一条河结束的地方，我们开始新的生活。河流到黄沙梁村已经没劲了，几乎看不出它在流动，但仍绕着弯子，九曲回肠地流过荒野，消失在远处的沙漠里。

在黄沙梁那些漫长的日日夜夜，我从没听见这条河的声音。它流得太静了，比村里任何一个人都静。比躺在院子里那根干木头都静（干木头在日光下晒久了，会噼啪一声，裂一道口子）。比一堵墙一块土块都静。

我想起那个黄昏穿过村子走远的一个外地人——低着头，弓着腰，驮一个破旧包裹，小心地迈着步子，不踩起一粒土，不惊动一条狗、一只鸡，甚至不抬头看一眼旁边的树和房子，只是盯着路，悄悄静静地穿过村子走了。

多少年后我还想起这个人，是因为那一刻我一样悄静地站在路边，我带的黑狗一声不响站在我身边。还有，我身后的这个小村庄，一样安安静静，让一个陌生人毫无惊扰地穿过村子走了。

这个人从河东边来的，他的湿裤腿还滴着水珠，鞋子提在手里。一行光脚印很快被随后拥来的羊群踩没了。羊的身上也湿淋淋的。那时河上没桥，人畜都蹚水过河。

老黄渠村那段河上也没桥。刮东风时河的流淌声传进村里。河在那一段流得着急，像匆忙赶路，水面常漂走一些东西：木头、树枝、瓷盆和衣服。一年早春，父亲死在河湾里。父亲天没亮扛锨出去，大中午了没回来。母亲说，你爹出事了，赶快去找。

我们都不知道会出什么事。母亲的哭喊声惊动了村里人，都出来帮着找。半中午时才找到，父亲的铁锨插在河岸上，远远的母亲看见了，认了出来。雪刚消尽，岸上一片泥泞，我们一家人哭叫着朝河边跑。

那时我们家有八口人。大哥十岁，我七岁，最小的妹妹未满周岁。父亲死了，剩下七口人。过了一年多奶奶也死了，剩下母亲和我们未成年的五个孩子。又熬了两年，母亲再嫁，我们一家搬到黄沙梁。

也是一个早春，来接我们的后父赶一辆大马车，装上我们一家人和全部家当，顺着玛纳斯河西岸向北走。在摇摇晃晃的马车上，我们一直看着河湾里父亲和奶奶的坟渐渐远去、消失，我们生活了许多个年头的老黄渠村一点点地隐没在荒野尽头。一路上经过了三两个村子。有村子的地方河便出现一次，也那样绕一个弯，又不见了。

从半下午，到天黑，我们再没看见河，也没听见水声，以为远离了河。后父坐在前面只顾赶车，我们和他生得很，一句话不说。离开一个村子半天了，还看不见另一个村子。后父说前面不远就到了。我们已经不相信前面还会有村子，除了荒滩、荒滩尽头的沙漠，再啥都看不见。

天黑后不知又走了多久，我们都快睡着了，突然前面传来狗叫声。要进村了。后父说。我睁开眼睛，看见几点模糊的灯光，低低的，像挨在地上。

院子里黑黑地站着许多人，像等了许久，马车没停稳便拥过来，嘈嘈杂杂的，啥也看不清。有人从屋里端出一盏灯，一只手遮住灯罩，半个院子晃动着那只手的黑影。

我一直刻骨铭心地记着我们到达黄沙梁村的那个夜晚，每个细节都记得清清楚楚，似乎我从那一刻开始，突然懂得了记事。

"这是老大。这是老二。

"这是他母亲。

"……"

端灯的人把灯举过头顶。我在装满木头家具的马车上站起身的一瞬，看见了倾斜的房顶，和房顶后面几乎挂在树梢的北斗星。

我们被一个一个数着接下了车。

"一共几个？"

"六个。"后父答应。

门口拥了许多人，我们夹在中间跟随那盏灯走进屋子。屋里还有一盏灯，放在靠里墙的柜子上，灯苗细细的。炕上坐着一排老年人，笑嘻嘻地迎着我们。已经没有坐人的地方，我们全站在柜子旁。有人让开炕沿让母亲坐，母亲推辞了两句，坐上炕去。

"这是你张大爷，叫。这是李二奶奶。"

"这是冯大妈。这是韩四爹。"

满屋子烟和人影，那个日后我们叫父亲的男人一手端灯，挨个让我们认坐在炕上的那些人，我小声地叫着，只听见他们很亲热的答应声，一个也没认清。

一村懒人

　　在外面时我老担心这个村庄会变得面目全非。我在迅速变化的世界里四处谋生。每当一片旧屋拆毁，一群新楼拔地而起，我都会担心地想到黄沙梁。它是否也在变成这样呢。他们把我熟悉的那条渠填掉，把我认识的那堵墙推倒，拆掉那些土房子。

　　如果这样，黄沙梁便永远消失了。它彻底埋在了一个人心里。这个人将在不久的年月离去，携带一个村庄的全部记忆。从今往后，一千年一万年，谁都不会再找到它。

　　活着的人，可能一直在害怕那些离去的人们再转头回来，认出他们手中这把锨、脚下这条路，认出这间房子、这片天空这块地。他们改变世界的全部意义，就是让曾经在这个世界生存过的那些人，再找回不到这里。

　　黄沙梁是人们不想要的一个地方，村里人早对它失望了，几十年来没盖一间新房子，没砌半堵新墙。人们早就想扔掉它到别处去生活。这个村庄因此幸运而完整地保存着以前的样子。没有一点人为变故，只有岁月风雨对它的消磨——几乎所有的墙，都泥皮脱落。我离开时它们已斑驳地开始脱落，如今终于脱落光，露出土块的干打垒的青褐墙体。没有谁往这些墙壁上再抹过一把泥。

这是一村庄懒人。

他们不在乎这个地方了。

那条不知修于何年从没淌过水的大渠，也从来没碍过谁的事，所以留存下来。只是谁家做泥活用土时，到渠沿上拉一车，留下一个坑。好在这些年很少有人家动过泥土。人已懒得收拾，所有地方都被眼看惯、脚走顺、手摸熟。连那段坑洼路，也被人走顺惯。路上还是二十年前我离开时的那几个坑和坎。每次牛车的一个辘轳轧过那个坎时，车身猛地朝一边倾一下，碾过那个坑时，又猛地朝另一边歪一下。我那时曾想过把这段路整平，很简单的事，随手几锹，把坎挖掉，土垫到一边的坑里，路便平展展了。可是每次走过去我便懒得动了。大概村里人跟我一样，早习惯了这么一倾一歪，没这两下生活也就太平顺了。这段路的性格就是这样的，它用坑坎逗人玩。牛有时也逗人玩，经过坑坎路段时，故意猛走几步，让车倾歪得更厉害些。坐在车上打盹的人被摇醒。并排坐着的两个人会肩撞肩头碰头。没绑牢实的草会掉下一捆。有时会把车弄翻，人摔出好远，玩笑开过头了，人恼火了，从地上爬起来，骂几声路，打两鞭牛，一身一脸的土。路上顿时响起一阵笑语哞叫。前前后后的车会停住，人走过来，笑话着赶车人，帮着把翻了的车扶起来，东西装好。

如果路上再没有车，空荡荡的，一个人在远路上翻了车，东西很沉，其他人从另外的路上走了，这人只有坐在路边等。一直等到天黑，还没有人，只好自己动手，把车卸了，用劲翻过空车，再一件一件往上装东西，搬不上去的，忍痛扔掉。这时天更黑了，人没劲地赶着车，心里坎坎坷坷的，人、牛、路都顿觉无趣。

草长在墙根，长在院子里、门边上，长在屋顶和墙缝……这些东西不妨碍他们了。他们挨近一棵草生活，许多年前却不是这样的。

那时家家户户有一个大院子，用土墙或篱笆围着。门前是菜地，屋后是树和圈棚，也都高高低低围拢着。谁家院子里长了草，会被笑话的。现在，几乎所有院子都不存在。院墙早已破损，门前的菜地荒凉着，只剩下房子孤零零立在那里。因为没有了围墙，以前作为院子的这块与相邻的路和荒野便没有区别。草涌进来，荒野和家园连成一片，人再不用锨铲它们。草成了家人中的一个，人也是草丛中的一棵。雨水多的年成村子淹没在荒草里，艾蒿盖地，芦苇没房。人出没草中，离远了便分不清草在动还是人在动。干旱年成村子光秃秃的，堆着些没泥皮的土房子。模样古怪的人和牲畜走走停停。

更多年成半旱不旱，草木和人，死不了也活不旺势。人都靠路边走，耷拉着头，意思不大地过去一日又一日。草大多聚到背阴处，费劲地长几片叶，开几朵花儿，最后勉强结几粒籽。

草的生长不会惊噪人。除非刮风。草籽落地时顶多吵醒一只昆虫最后的秋梦。或者碰伤一只蚂蚁的细长后腿。

或许落不到地上。一些草籽落到羊身上，一些落在鸟的羽毛上，落在人的鞋坑和衣帽上，被带到很远，有水的地方。

在春天，羊摇摇屁股，鸟扇扇翅，人抖抖衣服，都会有草籽落地。人无意中便将一颗草籽从秋带到春。无意的一个动作，又将它播撒在所经之地。

有的草籽在人身上的隐蔽处，一藏多年。其间干旱和其他原因，这种草在大地上灭绝，茎被牛羊吃掉、火烧掉，根被人挖掉、虫毁掉，种子腐烂掉。春天和雨水重新降临时，大地上已没有发芽的种子。春天空空来临。你走过不再泛绿的潮湿大地，你觉得身上痒痒，禁不住抖抖身子——无论你是一条狗、一头羊、一匹马、一只鸡、一个人、一只老鼠，你都成为大地春天唯一的救星。

有时草籽在羊身上的厚厚绒毛中发芽，春天的一场雨后，羊身上会迅速泛青发绿，藏在羊毛中的各种草籽，凭着羊毛中的水分、温度和养分，很快伸出一枝一枝的绿芽子。这时羊变得急躁，无由地奔跑，叫，打滚，往树上墙上蹭。草根扎不透羊皮，便使劲沿着毛根四处延伸，把羊弄得痒痒的。伸不了多久便没了水分。太阳晒干羊毛时，所有的草便死了。如果连下几场雨，从野外归来的羊群，便像一片移动的绿草地。

人的生死却会惊动草。满院子草木返青的时候，这个家里的人死亡或出生，都会招来更多人。那时许多草会被踩死，被油腻滚烫的洗锅水浇死，被热炉灰蒙死。草不会拔腿跑开，只能把生命退回到根部，把孕育已久的花期再推迟一季。

那是一个人落地的回声，比一粒草籽坠落更重大和无奈。一个村庄里只有有数的一些人，无法跟遍地数不清的草木相比——一种草或许能数清自己。一株草的死亡或许引起遍地草木的哀悼和哭泣。我们听不到。人淹没在人的欢乐和悲苦中。无论生和死，一个人的落地都会惊动其他人。

一个人死了，其他人得帮衬着哭两声，烧几页纸，送条黑幛子。一个人出生了，其他人也要陪伴着笑儿下，送点红绸子、花衣服。

生死是每个人都会遇到的事。在村里，这种看似礼节性的往来实则是一种谝工。我死的时候你帮忙挖坑了，你死了我的子孙会去帮你抬棺木。大家都要死是不是。或者你出生时我去贺喜了，我去世时你就要来奔丧。这笔账你忘了别人会为你记住。

我们家的一段路

　　直到最后一天，我们好像还没做好要离开黄沙梁的准备。尽管两个月前我们便开始收拾东西，把要带走的归顺整齐，一遍遍估算着装几车，用啥车拉走这些家当。

　　除此之外，搬家前的那段时间跟往常一样，我们依旧做着该做的事。每天早晨我把牛拉出去，糜在那片啃了多少遍似乎还有东西可啃的芦草地。母亲一大早往院子里洒水（这是她多年的习惯了），扫净地上的草屑和树叶（那时树叶刚刚开始黄落，清早院子里零星地落着几片，平展展地贴着地。夜里有风就会落得更多些。我们家在黄沙梁的最后一个秋天似乎来得格外迟。下了两场雨，眼看变黄的田野又重新返绿。我们一再推迟，还是没等到树叶落光便离开这里）。父亲依旧早早套车下地。已经没有可收的东西。最后一片玉米，在十天前已掰光拉回来。遍野里是别人家的粮食。父亲赶车经过那些地时，也许引起旁人的警惕——他去拉前一天砍倒的玉米秆，顺便割些田埂地头的草回来。车上放着铁锨，临出地他还攮起因进车平掉的一小段田埂，收好一个水口子，用脚把土踏瓷实。他似乎没想到从今以后这片田野上再不生长属于他的东西。他的马车将在另一片土地上往复颠簸。不知他能否走惯别处的路，种惯别处的地。或许他早已经不适应别处的生活。他的腿被黄沙的路摔惯成这个样子，有点罗圈，一摇一摆走路时，风从两腿间刮过去，狗能从两腿间钻过去，夹不住一只猫一只逃窜的野兔，夹住一捆草一麻袋麦子却像夹住一匹走马一样合适自如。

一天下午吃过饭，他又拿起锨，往房后那段路上扔了几锨土，垫平上一场雨后留下的几个牛蹄印。那是我们家的一段路，有四五十米长，我们自己修的，和大路一样宽展，从房后面通到东边的圈棚和柴垛旁。跟大路相接处有条渠沟，没有桥，渠沟浅浅的，有水没水都不碍事。这段路以前我们一家走。路上全是我们家的车辙脚印和牛蹄印。后来一户姓李的河南人在我们家东边盖了房子，自然要走这条路。父亲经常埋怨那户人家走路不爱惜，从来不知道往路上垫半锨土。尤其他家那头黑母牛，走路撇叉着两条后腿，故意用钉了铁掌的蹄子挖我们家的路，一蹄子下去就是一块土。一蹄子就是一块土。有一次李家老二到野滩拉柴火压爆了轮胎，装了半牛车柴，一只轱辘滚着钢圈轧回来，在我们房后的路上深深碾了一道车印子。父亲望着那道车印望了半下午，也不见李家过来个人平一下，他生气了，过去和李家唠叨了几句，两家本来有气，这下气上加气，为一道车轱辘印大吵了一架。最后还是父亲动手把路填平整。

我们虽然要离开了，却没有故意整坏任何东西，没有在地里挖一个坑路上扔一个土块疙瘩。我们让这个院子和它里面安安静静的生活保持到最后一天。

最后，当我们把所有东西装上车，要离开时，才发现曾是我们的家已惨不忍睹。树剩下孤零零几棵，房子拆掉了一间，圈棚成一个烂墙圈，路上、院子里到处扔着破烂东西……突然觉得心酸，眼泪止不住流出来——我们自己毁掉了这个家园，它不再像个家了。

那天来了许多人，路上、墙上、墙根，站着、蹲着都是人。有的过来说几句话，帮一把忙。更多的人只是围着看，愣愣地看。

我们被看得有点不自在。有点慌。有种被监视的感觉。

他们中间有几个人，大概怀着侥幸，想从我们一件件装车的东西中，发现他们早年丢失的一把锨、半截麻绳。另一些人，认定自己迟早也要搬走，袖着手，看我们怎样把家什搬出来又抬上车。怎样在一个车厢里，同时装下柜子、板凳、锅碗、木头、柴火、草还有水缸，而又不相互挤压碰撞。其他更多的人，面无表情，好像一下不认识我们。好像怕我们搬走地装走空气。

我忙着搬东西，不知谁代表这个村庄和我们道别。是那条站在渠沿上目光忧郁的狗，还是闲站在人群中看我们背麻袋抱木头的那头驴。它没等我们搬完，高叫了几声，屁股一扭一扭走掉了。我们稍一停顿，仿佛听到这个地方的叫声，一句紧接一句，悲壮昂扬。它停住时，这个村庄一片静寂，其他声音全变得琐碎模糊。只是不清楚它是叫给我们的还是叫给另一头驴。它一个驴，或许懒得管人的事呢。你看它的眼神，向来对人不屑一顾。

村长没出来说话。谁是村长我已记不清楚。那时候谁是村长都一回事，只是戴了顶空帽子。该种地他还是种地，该放羊

1 3 6

还去放羊。村长很少出来管村民的事。村民也懒得去找村长。牲畜更不把村长当回事，狗该咬照咬，管他是村长还是会计。牛发怒了照着谁都是一角一蹄子。

后来走远了离开久了才发现，我们留下了太多东西。不仅仅是那段又宽又平整的路，我们施足底肥以后多少年里为谁硕果累累的那块地。当我们在另一条渠边碰响水桶，已经是别处的早晨。

我们不照你的日头了——黄沙梁。

我们不吸你的气了——黄沙梁。

留下三间房子和房顶上面的全部天空。

早晨下午的地上再找不见一家人的影子。

我们不往你的天上冒烟了——黄沙梁。

我们一走，这地方的人又稀疏了一些。刮过村庄的风会突然少了点阻力。一场一场的西北风，刮过村中间的马路。每场风后路上刮得干干净净。马路走人也过风。早先人们在两边盖房子，中间留条大道，想到的就是让风过去。风是个大东西，不能像圈羊一样打个墙圈把风圈住。让天地间一切东西都顺顺当当过去的地方，人才能留住。

一天下午，我们兄弟四个背柴从野滩回来，走到村口时刮大风了。一场大风正呼喊着经过村子。风撕扯着背上的柴捆，呜呜叫着。老三被刮得有些东歪，老四被吹得有点西斜。老大老二稳稳地走着，全弓着腰，低着头。离家还有一大截路。每挪动一步都很难，腿抬起来，费劲朝前迈，有时却被风刮回去，反而倒退一步。

老四说，大哥，我们在墙根躲一阵吧，等风过去了，再回去。

两边都是房子，风和人都只有一条路。土、草屑、烟和空气，满天满地地往北面跑，我们兄弟四个，硬要朝南走。

大哥说，再坚持一阵，就到家了。风要是一直不过去呢，我们总不能在墙根坐到老再回去。老四没吭声。他在心里说，为啥坐到老呢，坐到十六岁、二十岁，多大的风我们都能顶。

老大、老二在前。老三、老四跟在后面。风撩开头发，呜呜地吹过头顶，露出四个光亮的天灵盖。

碰在老大额头上的一粒土，碰在老二脑门上的一片叶子，碰在老三鼻梁上的沙石和擦过老四眼角的一片硬木，分别触动了他们哪部分心智，并在多少年后展现成完全不同的命运前途。

那场风，最后刮开谁骨肉闭锁的一扇门，扬扬荡荡，吹动他内心深处无边沉静的旷野和天空。

我们走到家门口时，风突然弱了，树梢开始朝东斜。那场风被我们顶了回去，它改变了方向，远远地绕过黄沙梁走了。

我们背柴回家的路，不是风的路。

小的时候，我们不懂得礼貌地让到一边，让一场大风刮过去。

多少年后它再刮过这里，漫天漫地随风飘逝的事事物物中，再不见那四个顶风背柴的人。

整个天空大地，都是风的路了。

大地落日

　　有好些年，我像个贼一样在黄沙梁四周转悠，从各个侧面窥视着这个村庄，却很少走进去。我曾因各种各样的事由，去过它周围的每一个村子，我在那里向村人们打问黄沙梁的事情，时不时地问起一个人。那时候，这一带已经没人能认出我了，我过早地谢了顶，露出荒凉的大脑门。

　　那是我一生中最闲散的一个时期，我在离县城约五公里的城郊乡当农机管理员，因为农机都分给了私人，没什么可管的，一年一年地无所事事。好像写了一些诗歌，有时脑子里朦朦胧胧出现一些人和事情，便写了下来。后来写得多了，才发现所有这些人和事情都是在一个村庄里，这个村庄我是那么熟悉却又不能全部看清楚。它深埋在我记忆的无边长夜里，黑黑的一大片。有时某个角落突然亮起一盏灯，我便看见一两间似曾见过的土房子，一段许久未走的路。有时好像月亮出来了，隐约照出村庄的轮廓，模模糊糊的人，一群一群的，来了又去。田野里的庄稼也是黄了又青。我理不出头绪来，只是一节一节地，记下我能看到的。我给我诗歌中的这个村庄起了个名字：黄沙梁。

那时我有一辆深绿色的破旧幸福250摩托车，也许是不愿让这辆车闲着，便经常地骑着出去。刚买来时，我担心这辆车跑不了多远，会坏在路上。只在附近的村镇转转。跑了一段时间，竟一点问题没有，速度放到一百二十码车身还稳稳的，发动机也没有杂音，便放心了，开始往远一些的村庄里跑。有一次它果真坏在几十公里外的一个村庄附近。我本来是到前面的那个村子，到了之后发现前面还有一个村子，隐隐约约的几间房子，一条便道穿过田野伸向那里。

"前面那个村庄叫啥名字。"我问一个扛铁锹的男人。

"没有名字。那不是一个村子，只是几户人家，以前全是我们村里的，不知道咋回事，住着住着就跑到那里去了。"

车在坎坎坷坷的土路上行驶，没法跑快。显然那几户人家不经常出来，连路都没踩平踏瓷实。道两旁忽儿一块玉米、一片麦子，忽儿又是一片荒草，长得和庄稼一样高一样茂密。

摩托车就在离那个庄子四五公里处，突然没声音了，车子滑行了几米，被一个土坷挡住。我下车踩了几脚起动曲杆，只听见突突几下排气声。我以为路颠把哪根线路颠断了，卸开引擎壳鼓捣了半天，一点毛病没发现。路上看不见一个人。天气闷热，两旁一人高的庄稼和草把风全挡住了。我估摸了一下，前面的那个庄子似乎更近一些，便推着车一步一步走去了。

那个扛锹的人说得没错，这的确不能算一个村子，几户人家散落在一片荒野上，一户不挨一户。房子间甚至没有一条像样的路，野草穿过庄子，和前后的草滩连成一片，几块不大的庄稼地陷在辽阔的草滩中间。

我把摩托车推到最头上那户人家门前，车支稳，敲了敲门，没人应。门开着一条缝，我推了一下，把头伸进去，看见一个大男人横躺在炕上，面朝墙侧睡着，像一道高大的埂子。

"有人吗？"我把头缩回来喊了一声。

里面有了动静，像是下炕穿鞋的声音。接着门被拉开，那男人弓着腰出来，看了我一眼，直起身子。我吓了一跳。这么高大的一个人，高出我半截子。我说，我的摩托车发动不着了，你能不能帮我修一下。我说话的声音都有点抖了。

"什么，摩托？"那男人看看我又看看车。

"我见都没见过这东西，咋给你修。要是你的铁锹把子坏了，我倒能帮你换一个。"

我也觉得自己的话可笑，对他笑了笑。

我问他要水喝，他指了一下门前那口井。

我推车走了一个多小时，浑身发软。

井不太深，摇着辘轳往下放桶时，我看见井底水中那个探头朝上望的自己，一副狼狈相。

后来我是花二十块钱，请这个男人用他的牛车把我和摩托车一块拉到三十公里外一个叫炮台的小镇。那男人太有劲了，一个人就把一百多公斤重的摩托车抱到牛车上，我在车上面想帮一把都没搭上手。牛车走动时我一抬头，看见东北边的一道沙梁，觉得那么眼熟。尤其沙梁顶上的曲线，那波浪形的延伸中猛地凹下去一块，齐齐的像被挖掉了似的。我曾在什么地方多少次地看见太阳从这样一个沙梁的凹口处一点点地沉落下去。当太阳剩下半块椭圆时，它所有的光线从那个凹口直射过来。沙梁的轮廓镀成金黄色。这时能看见空气中密密麻麻的尘埃。

夕阳平照在人腿上，照在牲口的肚子和阴囊上。照在向西洞开的那个阴深窝棚里静卧的一条狗身上。漫天的尘埃飘落。人匆忙回家。地上乱七八糟的影子忽闪忽闪……有人举着鞭杆，清数归圈的牛羊，数到三十八，或五十七，发现多出一只。赶出圈，再数一遍，又多出一只。有人从一个房子走到另一个房子，要吃饭了，看看她的孩子是否全都到齐，是否有一个孩子正在回来的远路上，拨开层层尘埃，他赶不上这顿饭了，他到来时所有的饭都已冰凉，月光照在厚厚黄土上。有人爬上房顶，看见远处自家的一地玉米摇摇晃晃，像是有人钻进地里，把快要长熟的玉米全都掰光。

还有一个人，一动不动坐在村边的渠沿上，看太阳落地。身后的村庄一片昏黄，一片动荡。再过一小会儿，太阳便全落尽了。一个村庄的一天全结束了。明天，早起的人和牲口还会将落下的尘埃再踩起来，踩得满天空都是。还会有那么多人劳忙到日头落地，还会有一个人，坐在村边的大渠沿上，一动不动看着日头落地，就像看着自家的一只羊进圈，一个亲人推门进屋。在好些年里，好像谁安排了他这样一件事情。

"沙梁那边是啥地方。"我问。

"黄沙梁。"那男人头也不回地答了一句。他已把牛车赶到了路上。

果真是黄沙梁。

其实我一开始就感觉到沙梁那边肯定是黄沙梁。我已经闻到它的气味了，只是不敢相信。怎么我往哪走最终总会走近黄沙梁。以往我对这片地方一无所知，那道沙梁挡住了我。它使我没能看得更远，却因此看清楚了眼前的一切。

不知这几户人家的黄昏该是怎样的景象，太阳每天会落到西边的哪个地方。是那片玉米地后面还是那片大草滩尽头的几枝芦苇中间。确切的位置只有这个庄子里天天看落日的那个人能说清楚。这个庄子还没忙碌到抽不出一个人来看日落吧。

我和赶牛车的男人只在上路后不久说了一会儿话。他不愿多说话，我问一句，他答一句。我不问时，他便只顾赶车，好像对我没啥可说的。到后来，我也觉得对他没啥可问的了。

从断断续续的答问中我听清了他之所以住在那片荒地上，是因为他的地分到那里了。分地抓阄时他手气不好，抓了一块最远处的地。离村子十几公里，下地去干活半晌午才能走到地里，干不了几下就得赶快往回走。

"所以我把房子搬到了地边上。地是人的饭碗，人跟着地走才有吃的。"

不知其他那几户人家又因为什么把家安在了荒地上，也是跟着地走到这里的吗。为什么没有东一户，西一户走得远远的，而是最终走到一起，聚成了这个几户人家的小庄子。它旁边的大村落又是怎样聚成的。什么力量把大地上的人家都攥成了一堆一堆的，小的是遍布田野的村村镇镇，大的是耸立其中的庞大都市。

我再没问那个男人，我怕打扰了他的沉静。也怕打扰了路两旁静静长着的草和庄稼，它们不需要我们说话。土地上的事情真是问不完也说不尽，我们不问不说时它只有一件事，像土地一样辽阔完整。

以后的时间里我和那个男人都没吭声。那男人坐在左边的车辕上，手里拿着根牛鞭，却不用它。我坐在右侧的车厢板上，一手扶着摩托。那头牛也是默不作声地走着。田野里没有一丝风，草和庄稼也都不摇不响。偶尔从远处村庄里传来一声狗叫，声音听着怪怪的，歪歪的。我想，谁要在这时刻不知趣地说句话，也会像那声狗吠一样滑稽可笑的。

牛车摇晃到炮台小镇时已是黄昏，太阳落到西边的三棵树后面。炮台小镇看上去只是个稍大些的村子，一条短短的土街两旁围着些土房子，人也稀稀拉拉的。从小镇这头能看到那头的庄稼地和荒滩。我给那男人掏了二十块钱。他伸手接钱的一瞬，我突然为这只手和这个高大身体感到惋惜。他应该干别的事。该干别的什么事呢？可能干啥事最后都糟踏了这架好身骨。

我在小镇上住了一宿，小镇没有修摩托车的，只有一个补轮胎的小铺子。第二天我又花了三十块钱，让一辆去县城拉货的拖拉机把我和摩托车一起拉到七十公里外的县城的一家修理铺。师傅是个精瘦的矮男人，他让我卸开引擎壳，头伸上去看了一眼，用螺丝刀拧了一下，然后一脚就把摩托车踩着了。

一趟旅行就这样结束了。发生了这么些事情，又好像什么都没发生。坏掉的车修好了，花掉的钱正在挣回来。我又回到城郊乡农机站那间空大的办公室里。生活宁静得就像坐牛车去炮台镇的那段路程。总是走不到，总是慢慢地在走。但有件大事发生了。在牛车走进炮台镇的前一刻它发生了。在之前之后的每一天它都同样的发生了，却很少有人注意。

那一刻我突然扭头看着赶车人。

"太阳要落了。"话到了嘴边又被我收住。这句话在我腑腔内强烈地震荡着，我没有说出它。这是一句话。我说不说太阳都要落了。赶车的男人只是看着前面的路，或许什么都没看。只是脸朝前坐着。太阳落到牛车后面，他一眼不看。只是我在看。我没什么可看的，除了就要落地的太阳，除了整个下午都在缓缓沉落的太阳。我不清楚此时此刻的天地间还有比这更大的事情吗。我只知道太阳要落了。它就要落了。

　　这是别处的一次落日。在苍老古怪的三棵榆树背后，落成另一种景象。太阳落地的声音在一个赶路人心中，发出"轰"的巨响，像一整天的时光坠落到土里。赶车的男人听不见。太阳在他身后落过无数次，它每天都落，所以不算啥事了。可是，每天的太阳都落了。都落了。这不是大事吗。

今生今世的证据

　　我走的时候，我还不懂得怜惜曾经拥有的事物，我们随便把一堵院墙推倒，砍掉那些树，拆毁圈棚和炉灶，我们想它没用处了。我们搬去的地方会有许多新东西。一切都会再有的，随着日子一天天好转。

　　我走的时候还不知道向那些熟悉的东西去告别，不知道回过头说一句：草，你要一年年地长下去啊。土墙，你站稳了，千万不能倒啊。房子，你能撑到哪一年就强撑到哪一年，万一你塌了，可千万把破墙圈留下，把朝南的门洞和窗口留下，把墙角的烟道和锅头留下，把破瓦片留下，最好留下一小块泥皮，即使墙皮全脱落光，也在不经意的、风雨冲刷不到的那个墙角上，留下巴掌大的一小块吧，留下泥皮上的烟垢和灰，留下划痕、朽在墙中的木橛和铁钉，这些都是我今生今世的证据啊。

　　我走的时候，我还不知道曾经的生活有一天，会需要证明。

　　有一天会再没有人能够相信过去。我也会对以往的一切产生怀疑。那是我曾有过的生活吗。我真看见过地深处的大风？更黑，更猛，朝着相反的方向，刮动万物的骨骸和根须。我真听见过一只大鸟在夜晚的叫声？整个村子静静的，只有那只鸟在叫。我真的沿那条黑寂的村巷仓皇奔逃？背后是紧追不舍的瘸腿男人，他的那条好腿一下一下地捣着地。我真的有过一棵自己的大榆树？真的有一根拴牛的榆木桩，它的横杈直端端指着我们家院门，找到它我便找到了回家的路？还有，我真沐浴过那样恒久明亮的月光？它一夜一夜地已经照透墙、树木和道路，把银白的月辉渗浸到事物的背面。在那时候，那些东西不转身便正面背面都领受到月光，我不回头就看见了以往。

现在，谁还能说出一棵草、一根木头的全部真实。谁会看见一场一场的风吹旧墙、刮破院门，穿过一个人慢慢松开的骨缝，把所有所有的风声留在他的一生中。

这一切，难道不是一场一场的梦。如果没有那些旧房子和路，没有扬起又落下的尘土，没有与我一同长大仍旧活在村里的人、牲畜，没有还在吹刮着的那一场一场的风，谁会证实以往的生活——即使有它们，一个人内心的生存谁又能见证。

我回到曾经是我的现在已成别人的村庄。只几十年工夫，它变成另一个样子。尽管我早知道它会变成这样——许多年前他们往这些墙上抹泥巴、刷白灰时，我便知道这些白灰和泥皮迟早会脱落得一干二净。他们打那些土墙时我便清楚这些墙最终会回到土里——他们挖墙边的土，一截一截往上打墙，还喊着打夯的号子，让远远近近的人都知道这个地方在打墙盖房子了。墙打好后每堵墙边都留下一个坑，墙打得越高坑便越大越深。他们也不填它，顶多在坑里栽几棵树，那些坑便一直在墙边等着，一年又一年，那时我就知道一个土坑漫长等待的是什么。

但我却不知道这一切面目全非、行将消失时，一只早年间日日以清脆嘹亮的鸣叫唤醒人们的大红公鸡、一条老死窝中的黑狗、每个午后都照在（已经消失的）门框上的那一缕夕阳……是否也与一粒土一样归于沉寂。还有，在它们中间悄无声息度过童年、少年、青年时光的我，他的快乐、孤独、无人感知的惊恐与激动……对于今天的生活，它们是否变得毫无意义。

当家园废失，我知道所有回家的脚步都已踏踏实实地迈上了虚无之途。

扛着铁锨进城

对一个农民来说，城市像一块未曾开垦的荒地一样充满诱惑力。

十几年前，我正是怀着开垦一片新生活的美好愿望来到城市。我在一家报社打工。我发现编报跟种地没啥区别。似乎我几十年的种地生涯就是为了以后编报而做的练习。我早在土地上练过了。我把报纸当成一块土地去经营时很快便有一种重操老本行的熟练和顺手顺心。而且，感到自己又成了一个农民。面对报纸就像面对一块耕种多年的土地，首先想好种些啥，而后在版面上打几道埝子。根据行情和不同读者的品味插花地、一小块一小块种上不同的东西。像锄草一样除掉错别字，像防病虫害一样防止文章中的不良因素，像看天色一样看清当前的时态政治。如此这般，一块丰收在望的"精神食粮"便送到了千千万万的读者面前。

就这样，三个月后，我结束了试用期，开始正式打工。我编辑的文学版、文化版也受到读者的喜欢和认可。

这次小小的成功极大地鼓励和启发了我，它使我意识到我的肩上始终扛着一把无形的铁锨，在我茫然无措，流浪汉一样沿街漂泊的那段日子，我竟忘了使用它。

记得有一个晚上，我梦见自己扛一把铁锨背着半袋种子走在寂静的街道上，我在找一块地。人群像草一样在街上连片地荒芜着，巨石般林立的楼房挤压在土地上，我从城市的一头流浪到另一头，找不到一块可耕种的土地。最后我跑到广场，掀开厚厚的水泥板块，翻出一小块土地来，胡乱地撒了些种子，便贼一样地溜了回去。醒来后我下意识地摸了摸肩膀，我知道扛了多年的那把铁锨还在肩上。我庆幸自己没有彻底扔掉它。

经过几个月浮躁不安的城市生活，我发现生活并没有发生多大的变化。原以为自己来到了一个完全陌生的地方，静下来仔细看一看、想一想，城市不过是另一个村庄。城里发生的一切在乡下也一样地发生着，只不过形式不同罢了——

我握过铁锨的那只粗壮黑硬的手，如今换成了细皮白嫩甚至油腻的手。

我在土墙根在田间地头与一伙农人的吹牛聊天，现在换成了在铺着地毯的会议室，一盘水果、几瓶饮料和一群文人商客的闲谝。

我时常踩入低矮土屋、牛圈、马棚的这双脚，如今踏入了豪华酒店、歌舞厅——我并没有换鞋。我鞋底的某个缝隙中，还深藏着一块干净的乡下泥土，我不会轻易抠出它，这是我的财富。

每个人都用一件无形的工具在对付着生活和世界。人们从各自的角角落落涌进城市。每个人都不自觉地携带着他使唤顺手的一件工具在干着完全不同的活儿。只是他自己不察觉。

而我呢，是扛着铁锨——这件简单实用的农具在从事我的非农业的工作和业务。我的同事常说我能干，他们不知道我有一件好使的工具——铁锨是劳动人民的专用工具，它可以铲、可以挖、可以剁，万不得已时还可当武器抡、砍，但是使唤惯铁锨的人，无论身居何处，他们共同热爱的东西是：劳动。

　　对一个农民来说，城市的确是一片荒地，你可以开着车，拿着大哥大招摇过市，我同样能扛着铁锨走在人群里——这像走在自己的玉米地里一样，种点自己想种的东西。

　　上月回家，父亲问我在城里行不行，不行就回来种地，地给你留着呢。走时还一再嘱咐我：到城里千万小心谨慎，不能像在乡下一样随意，更不要招惹城里人。

　　我说：我扛着锨呢，怕啥。

城市牛哞

　　我是在路过街心花园时，一眼看见花园中冒着热气的一堆牛粪的。在城市能见到这种东西我有点不敢相信，城市人怎么也对牛粪感兴趣？我翻进花园，抓起一把闻了闻，是正宗的乡下牛粪，一股熟悉的遥远乡村的气息扑鼻而来，沁透心肺。那些在乡下默默无闻的牛，苦了一辈子最后被宰掉的牛，它们知不知道自己的牛粪被运到城市，作为上好肥料养育着城里的花草树木。它们知道牛圈之外有一个叫乌鲁木齐的城市吗？

　　一次我在街上看到从乡下运来的一卡车牛，它们并排横站在车厢里，像一群没买到坐票的乘客，东张西望，目光天真而好奇。我低着头，不敢看它们。我知道它们是被运来干啥的，在卡车缓缓开过的一瞬，我听到熟悉的一声牛哞，紧接着一车牛的眼睛齐刷刷盯住我：它们认出我来了……这不是经常扛一把铁锨在田间地头转悠的那个农民吗，他不好好种地跑到城里干啥来了。瞧他夹一只黑包在人群中奔波的样子，跟在乡下时夹一条麻袋去偷玉米是一种架势。我似乎听到牛议论我，我羞愧得抬不起头。

　　这些牛不是乘车来逛街的。街上没有牛需要的东西，也没有牛要干的活。城市的所有工作被一种叫市民的承揽了，他们不需要牲畜。牛只是作为肉和皮子被运到城市。他们为了牛肉的新鲜才把活牛运到城里。一头牛从宰杀到骨肉被分食，这段时间体现了一个城市的胃口和消化速度。早晨还活蹦乱跳的一头牛，中午已摆上市民的餐桌，进入肠胃转化成热量和情欲。

而牛知不知道它们的下场呢？它们会不会正天真地想，是人在爱护它们抬举它们呢？它们耕了一辈子地，拉了一辈子车，驮了一辈子东西，立下大功劳了，人把它们当老工人或劳动模范一样尊敬和爱戴，从千万头牛中选出些代表，免费乘车到城里旅游一趟，让它们因这仅有的一次荣耀而忘记一辈子的困苦与屈辱,对熬煎了自己一生的社会和生活再没有意见，无怨无悔。

牛会不会在屠刀搭在脖子上时还做着这样的美梦呢？

我是从装满牛的车厢跳出来的那一个。是冲断缰绳跑掉的那一个。

是挣脱屠刀昂着鲜红的血脖子远走他乡的那一个。

多少次我看着比人高大有力的牛，被人轻轻松松地宰掉，它们不挣扎，不逃跑，甚至不叫一声，似乎那一刀捅进去很舒服。我在心里一次次替它们逃跑，用我的两只脚，用我远不如牛的那点力气，替千千万万头牛在逃啊逃，从一个村庄到另一个村庄，最终逃到城市，躲在熙熙攘攘的人群中，让他们再认不出来。我尽量装得跟人似的，跟一个城里人似的说话、做事和走路。但我知道我和他们是两种动物。我沉默无语，偶尔在城市的喧器中发出一两声沉沉牛哞，惊动周围的人。他们惊异地注视着我，说我发出了天才的声音。我默默地接受着这种赞誉，只有我知道这种声音曾经遍布大地，太普通、太平凡了。只是发出这种声音的喉管被人们一个个割断了。多少伟大生命被人们当食物吞噬。人们用太多太珍贵的东西喂了肚子。浑厚无比的牛哞在他们的肠胃里翻个滚，变作一个嗝或一个屁被排掉——工业城市对所有珍贵事物的处理方式无不类似于此。

那一天，拥拥挤挤的城里人来来往往，他们注意到坐在街心花园的一堆牛粪上一根接一根抽烟的我，顶多把我当成给花园施肥的工人或花匠。我已经把自己伪装得不像农民。几个月前我扔掉铁锨和锄头跑到城市，在一家文化单位打工。我遇到许多才华横溢的文人，他们家里摆着成架成架的书，读过古今中外的所有名著。被书籍养育的他们，个个满腹经纶。我感到惭愧，感到十分窘迫。我的家里除了成堆的苞谷棒子，便是房前屋后的一堆堆牛粪，我唯一的养分便是这些牛粪。小时候在牛粪堆上玩耍，长大后又担着牛粪施肥。长年累月地熏陶我的正是弥漫在空气中的牛粪味儿。我不敢告诉他们，我就是在这种熏陶中长大并混到文人作家行列中的。

这个城市正一天天长高，但我感到它是脆弱的、苍白的，我会在适当的时候给城市上点牛粪，我是个农民，只能用农民的方式做我能做到的，尽管无济于事。我也会在适当时候邀请我的朋友们到一堆牛粪上坐坐，他们饱食了现代激素，而人类最本原的底肥是万不可少的。没这种底肥的人如同无本之木，是结不出硕大果实的。

好在城市人已经认识到牛粪的价值。他们把雪白雪白的化肥卖给农民，又廉价从农民手中换来珍贵无比的牛粪养育花草树木。这些本该养育伟大事物的贵重养料，如今也只能育肥城市人的闲情逸致了。

永远欠一顿饭

现在我还不知道那顿没吃饱的晚饭对我今后的人生有多大影响。人是不可以敷衍自己的。尤其是吃饭，这顿没吃饱就是没吃饱，不可能下一顿多吃点就能补偿。没吃饱的这顿饭将作为一种欠缺空在一生里，命运迟早会抓住这个薄弱环节击败我。

那一天我忙了些什么现在一点也记不清了，只记得天黑时又饥又累回到宿舍，胡乱地啃了几口干馍便躺下了。原想休息一会儿出去好好吃顿饭，谁知一躺下便睡了过去，醒来时已经是第二天早晨。我就这样给自己省了一顿饭钱。这又有什么用呢？即使今天早晨我突然暴富，腰缠千万，我也只能为自己备一顿像样点的早餐，却永远无法回到昨天下午，为那个又饿又累的自己买一盘菜、一碗汤面。

过去了就是过去了。但这笔欠账却永远记在生命中。也许就因为这顿饭没吃饱，多少年后的一次劫难逃生中，我差半步没有摆脱厄运。正因为这顿没吃饱的饭，以后多少年我心虚、腿软、步履艰难，因而失去许多机遇、许多好运气，让别人抢了先。

人们时常埋怨生活，埋怨社会甚至时代。总认为是这些大环境造成了自己多舛的命运。其实，生活中那些常被忽视的微小东西对人的作用才是最巨大的。也许正是它们影响了你，造就或毁掉了你，而你却从不知道。

　　你若住在城市的楼群下面，每个早晨本该照在你身上的那束阳光，被高楼层层阻隔，你在它的阴影中一个早晨一个早晨地过着没有阳光的日子。你有一个妻子，但她不漂亮；有一个儿子，但你不喜欢他。你没有当上官，没有挣上钱，甚至没有几个可以来往的好朋友。你感觉你欠缺得太多太多，但你从没有认真地去想想，也许你真正欠缺的，正是每个早晨的那一束阳光，有了这束阳光，也许一切就都有了。

　　你的妻子因为每个早晨都能临窗晒会儿太阳，所以容颜光彩而亮丽，眉不萎，脸不皱，目光含情；你的儿子因为每个早晨都不在阴影里走动，所以性情晴朗可人，发育良好，没有怪僻的毛病；而你，因为每个早晨都面对蓬勃日出，久而久之，心存大志，向上进取，所以当上官，发了财。你若住在城市的高烟囱下面，那些细小的、肉眼看不见的烟灰煤粒长年累月侵蚀你，落到皮肤上，吸进肺腑里，吃到肠胃中，于是你年纪不大就得了一种病，生出一种怪脾气，见谁都生气，看啥都不顺眼，干啥都不舒服。其实，是你自己不舒服，你比别人多吃了许多煤沫子，所以成了现在这个样子。你怪领导给你穿小鞋，同事对你不尊敬，邻居对你冷眼相看，说三道四。你把这一切最终归罪于社会，怨自己生不逢时，却不知道抬头骂一句：狗日的，烟尘。它影响了你，害了你，你却浑然不觉。

人们总喜欢把自己依赖在强大的社会身上，耗费毕生精力向社会索取，而忘记了营造自己的小世界、小环境。其实，得到幸福和满足是非常容易的事情，只要你花一会儿时间，擦净窗玻璃上的尘土，你就会得到一屋子的明媚阳光，享受很多天的心情舒畅；只要稍动点手，填平回家路上的那个小坑，整个一年甚至几年你都会平平安安到家，再不会栽跟头，走在路上尽可以想些高兴的事情，想得入神，而不必担心路不平。

　　还有吃饭，许多人有这个条件，只要稍加操持便能美美款待自己一番。但许多人不这样去做，他们用这段时间下馆子去找挨宰，找气受，找传染病，而后又把牢骚和坏脾气带到生活中、工作中。但还是有许许多多的人懂得每顿饭对人生的重要性。他们活得仔细认真，把每顿饭都当一顿饭去吃，把每句话都当一句话去说，把每口气都当一口气去呼吸。他们不敷衍生活，生活也不敷衍他们，他们过得一个比一个好。

　　我刚来乌市时，有一个月时间，借住在同事的宿舍里，对门的两位女士，也跟我一样，趁朋友不在，借住几天。每天下班后，我都看到她们买回好多新鲜蔬菜，有时还买一条鱼。我见她们又说又笑地做饭，禁不住凑过去和她们说笑几句。

　　她们从不请我吃她们做的饭，饭做好便自顾自地吃起来，连句"吃点吧"这样的客气话也不说。也许她们压根就没把我当外人，而我还一直抱着到城市来做客的天真想法，希望有人对我客气一下。她们多懂得爱护自己啊，她们生活的认真劲儿真让我感动。虽然只暂住几天，却几乎买齐了所有佐料，瓶瓶罐罐摆了一窗台，把房间和过道扫得干干净净，住到哪就把哪当成家。而我来乌市都几个月了，还四处漂泊，活得潦倒又潦草，常常用一些简单的饭食糊弄自己，从不知道扫一扫地，把被子叠得整整齐齐，总抱着一种临时的想法在生活：住几天就走，工作几年就离开，爱几个月便分……一直到生活几十年就离世。

我想，即使我不能把举目无亲的城市认作故土，也至少应该把借住的这间房子当成家，生活再匆忙，工作再辛苦，一天也要挤出点时间来，不慌不忙地做顿饭，生活中也许有许多不如意，但我可以做一顿如意的饭菜——为自己。也许我无法改变命运，但随时改善一下生活，总是可以的。只要一顿好饭、一句好话、一个美好的想法便可完全改变人的心情，这件简单易做的事、唾手可得的幸福我都不知道去做，还追求什么大幸福呢？

通往田野的小巷

　　顺着一条巷子往前走，经过铁匠铺、馕坑、烧土陶的作坊，不知不觉地，便进入一片果园或苞谷地。八九月份，白色、红色的桑葚斑斑点点熟落在地。鸟在头顶的枝叶间鸣叫，巷子里的人家静悄悄的。很久，听见一辆毛驴车的声音，驴蹄嘀嗒嘀嗒地点踏过来，毛驴小小的，黑色，白眼圈，宽长的车排上铺着红毡子，上搭红布凉棚。赶车的多为小孩和老人，坐车的，多是些丰满漂亮的女人，服饰艳丽，爱用浓郁香水，一路过去，留香数里，把鸟的头都熏晕了。如果不是巴扎日，老城的热闹仅在龟兹古渡两旁，饭馆、商店、清真寺、手工作坊，以及桥上桥下的各种民间交易。这一块是库车老城跳动不息的古老心脏，它的头是昼夜高昂的清真大寺，它的手臂背在身后，双腿埋在千年尘土里，不再迈动半步。

　　库车城外的田野更像田野，田地间野草果树杂生。不像其他地方的田野，是纯粹的庄稼世界。

　　在城郊乌恰乡的麦田里，芦苇和种类繁多的野草，长得跟

１５９

麦子一样旺势。高大的桑树、杏树耸在麦田中间。白杨树挨挨挤挤围拢四周，简直像一个植物乐园。桑树、杏树虽高大繁茂，却不欺麦子。它的根直扎下去，不与麦子争夺地表层的养分。在它的庞大树冠下，麦子一片油绿。

库车农民的生活就像他们的民歌一样缓慢悠长。那些毛驴，一步三个蹄印地走在千年乡道上，驴车上的人悠悠然然，再长的路、再要紧的事也是这种走法。不管太阳什么时候出来，又什么时候落山。田地里的杂草，就在他们的缓慢与悠然间，生长出来，长到跟麦子一样高，一样结饱籽粒。

在这片田野里，一棵草可以放心地长到老而不必担心被人铲除。一棵树也无须担忧自己长错位置，只要长出来，就会生长下去。人的粮食和毛驴爱吃的杂草长在同一块地里。鸟在树枝上做窠，在树下的麦田捉虫子吃，有时也啄食半黄的麦粒，人睁一眼闭一眼。库车的麦田里没有麦草人，鸟连真人都不怕，敢落到人的帽子上，敢把窝筑在一伸手就够到的矮树枝上。

一年四季，田野的气息从那些弯曲的小巷吹进老城。杏花开败了，麦穗扬花。桑子熟落时，葡萄下架。靠农业养活，以手工谋生的库车老城，它的每一条巷子都通往果园和麦地。沿着它的每一条土路都走回到过去。毛驴车，这种古老可爱的交通工具，悠悠晃晃，载着人们，在这块绿洲上，一年年地原地打转，永远跑不快，跑不了多远。也似乎不需要跑多快多远。

不远的绿洲之外，是荒无人烟的戈壁沙漠。

最后的铁匠

铁匠比那些城外的农民们，更早地闻到麦香。在库车，麦芒初黄，铁匠们便打好一把把镰刀，等待赶集的农民来买。铁匠赶着季节做铁活，春耕前打犁铧、铲子、刨锄子和各种农机具零件。麦收前打镰刀。当农民们顶着烈日割麦时，铁匠已转手打制他们刨地挖渠的坎土曼了。

铁匠们知道，这些东西打早了没用。打晚了，就卖不出去，只有挂在墙上等待明年。

吐尔洪·吐迪是这个祖传十三代的铁匠家庭中最年轻的小铁匠。他十三岁跟父亲学打铁，今年二十四岁，成家一年多了，有个不到一岁的儿子。吐尔洪说，他的孩子长大后说啥也不让他打铁了，叫他好好上学，出来干别的去。吐尔洪说他当时就不愿学打铁，父亲却硬逼着他学。打铁太累人，又挣不上钱。他们家打了十几代铁了，还住在这些破烂房子里，他结婚时都没钱盖一间新房子。

吐尔洪的父亲吐迪·艾则孜也是十二三岁学打铁。他父亲是库车城里有名的铁匠，一年四季，来定做铁器的人络绎不绝。那时的家境比现在稍好一些，妇女们在家做饭看管孩子，从不到铁匠炉前去干活。父亲的一把锤子养活一家人，日子还算过得去。吐迪也是不愿跟父亲学打铁，没干几天就跑掉了。他嫌打铁锤太重，累死累活挥半天才挣几块钱，他想出去做买卖。父亲给了他一点钱，他买了一车西瓜，卸在街边叫卖。结果，西瓜一半是生的，卖不出去。生意做赔了，才又垂头丧气回到父亲的打铁炉旁。

父亲说，我们就是干这个的，祖宗给我们选了打铁这一行都快一千年了，多少朝代灭掉了，我们虽没挣到多少钱，却也活得好好的。只要一代一代把手艺传下去，就会有一口饭吃。我们不干这个干啥去。

吐迪就这样硬着头皮干了下来，从父亲手里学会了打制各种农具。父亲去世后，他又把手艺传给四个弟弟和一个妹妹。他们又接着往下一辈传。如今在库车老城，他们家族共有十几个打铁的。吐迪的两个弟弟和一个侄子，跟他同在沙依巴克街边的一条小巷子里打铁，一人一个铁炉，紧挨着。吐迪和儿子吐尔洪的炉子在最里边，两个弟弟和侄子的炉子安在巷口，一天到晚炉火不断，铁锤叮叮当当。吐迪的妹妹在另一条街上开铁匠铺，是城里有名的女铁匠，善做一些小农具，活儿做得精巧细致。

吐迪说他儿子吐尔洪坎土曼打得可以，打镰刀还不行，欠点儿功夫。铁匠家有自己的规矩，每样铁活儿都必须学到师傅满意了，才可以另立铁炉去做活。不然学个半吊子手艺，打的镰刀割不下来麦子，那会败坏家族的荣誉。吐迪是这个家族中最年长者，无论说话还是教儿子打镰刀，都一脸严肃。他今年五十六岁，看上去还很壮实。他正把自己的手艺一样一样地传给儿子吐尔洪·吐迪，从打最简单的蚂蟥钉，到打坎土曼、镰刀。但吐迪·艾则孜知道，有些很微妙的东西，是无法准确地传给下一代的。铁匠活儿就这样，锤打到最后越来越没力气。每一代间都在失传一些东西。比如手的感觉，一把镰刀打到什么程度刚好。尽管手把手地教，一双手终究无法把那种微妙的感觉传给另一双手。

还有，一把镰刀面对的广阔田野，各种各样的人。每一把镰刀都会不一样，因为每一只用镰刀的手不一样，每只手的习惯不一样。打镰刀的人，靠一双手，给千万只不一样的手打制如意家什。想到远近田野里埋头劳作的那些人，劲儿大的、劲儿小的，女人、男人、未成年的孩子……铁匠的每一把镰刀，都针对他想到的某一个人。从一块废铁烧红，落下第一锤，到打成成品，铁匠心中首先成形的是用这把镰刀的那个人。在飞溅的火星和叮叮当当的锤声里，那个人逐渐清晰，从远远的麦田中直起身，一步步走近。这时候铁匠手中的镰刀还是一弯扁铁，但已经有了雏形，像一个幼芽刚从土里长出来。铁匠知道它会长成怎样的一把大弯镰，铁匠的锤从那一刻起，变得干脆有力。

这片田野上，男人大多喜欢用大弯镰，一下搂一大片麦子，嚓的一声割倒。大开大合的干法。这种镰刀呈抛物形，镰刀从把手伸出，朝后弯一定幅度，像铅球运动员向后倾身用力，然后朝前直伸而去，刀刃一直伸到用镰者性情与气力的极端处。每把大镰刀又都有微小的差异。也有怜惜气力的人，用一把半大镰刀，游刃有余。还有人喜欢蹲着干活儿，镰刀小巧，一下搂一小把麦子，几乎能数清自家地里长了多少棵麦子。还有那些妇女们，用耳环一样弯弯的镰刀，搂过来的每株麦穗都不会散失。

打镰刀的人，要给每一只不同的手准备镰刀，还要想到左撇子、反手握镰的人。一把镰刀用五年就不行了，坎土曼用七八年。五年前在这买过镰刀的那些人，今年又该来了，还有那个短胳膊买买提，五年前定做过一只长把子镰刀，也该用坏了。也许就这一两天，他正筹备一把镰刀的钱呢。这两年棉花价不稳定，农民一年比一年穷。麦子一公斤才卖几毛钱。割麦子的镰刀自然卖不上好价。七八块钱出手，就算不错。已经好几年，一把镰刀卖不到十块钱。什么东西都不值钱，杏子一公斤四五毛钱。卖两筐杏子的钱，才够买一把镰刀。因为缺钱，一把该扔掉的破镰刀也许又留在手里，磨一磨再用一个夏季。

不论什么情况，打镰刀的人都会将这把镰刀打好，挂在墙上等着。不管这个人来与不来。铁匠活儿不会放坏。一把镰刀只适合某一个人，别人不会买它。打镰刀的人，每年都剩下几把镰刀，等不到买主。它们在铁匠铺黑黑的墙壁上，挂到明年，挂到后年，有的一挂多年。铁匠从不轻易把他打的镰刀毁掉重打，他相信走远的人还会回来。不管过去多少年，他曾经想到的那个人，终究会在茫茫田野中抬起头来，一步一步向这把镰刀走近。在铁匠家族近一千年的打铁历史中，还没有一把百年前的镰刀剩到今天。

只有一回，吐迪的太爷掌锤时，给一个左撇子打过一把歪把子大弯镰。那人交了两块钱定金，便一去不回。吐迪的太爷打好镰刀，等了一年又一年，等到太爷下世，吐迪的爷爷掌锤，他父亲跟着学徒时，终于等来一个左撇子，他一眼看上那把镰刀，二话没说就买走了。这把镰刀等了整整六十七年，用它的人终于又出现了。

在那六十七年里，铁匠每年都取下那把镰刀敲打几下。打铁的人认为，他们的敲打声能提醒远近村落里买镰刀的人。他们时常取下找不到买主的镰刀敲打几下，每次都能看出一把镰刀的欠缺处：这个地方少打了两锤，那个地方敲偏了。手工活就是这样，永远都不能说完成，打成了还可打得更精细。随着人的手艺进步和对使用者的认识理解不同，一把镰刀可以永远地敲打下去。那些锤点，落在多少年前的锤点上。叮叮当当的锤声，在一条窄窄的胡同里流传，后一声追赶着前一声。后一声仿佛前一声的回音。一声比一声遥远、空洞。仿佛每一锤都是多年前那一锤的回声，一声声地传回来，沿我们看不见的一条古老胡同。

吐迪·艾则孜打镰刀时眼皮低垂，眯成细细弯镰似的眼睛里，只有一把逐渐成形的镰刀。儿子吐尔洪就没这么专注了，手里打着镰刀，心里不知道想着啥事情，眼睛东张西望。铁匠炉旁一天到晚围着人，有来买镰刀的，有闲得没事看打镰刀的。天冷了还是烤火的好地方，无家可归的人，冻极了挨近铁匠炉，手伸进炉火里燎两下，又赶紧塞回袖筒赶路去了。

麦收前常有来修镰刀的乡下人，一坐大半天。一把卖掉的镰刀，三五年后又回到铁匠炉前，用得豁豁牙牙，木把也松动了。

铁匠举起镰刀，扫一眼就能认出这把是不是自己打的。旧镰刀扔进炉中，烧红，修刃，淬火，看上去又跟新的一样。修一把旧镰刀一两块钱，也有耍赖皮不给钱的，丢下一句好话就走了，三五年不见面，直到镰刀再次用坏。一把镰刀顶多修两次，铁匠就再不会修了。修好一把旧镰刀，就等于少卖一把新的。

吐迪家的每一把镰刀上，都留有自己的记痕。过去三十年五十年，甚至一二百年，他们都能认出自己家族打制的镰刀。那些记痕留在不易磨损的镰刀臂弯处，像两排月牙形的指甲印，千年以来他们就这样传递记忆。每一代的印记都有所不同，一样的月牙形指甲印，在家族的每一个铁匠手里排出不同的形式。没有具体的图谱记载每一代祖先打出的印记是怎样的形式。这种简单的变化，过去几代人数百年后，肯定会有一个后代打在镰刀弯臂上的印记与某个祖先的完全一致，冥冥中他们叠合在一起。那把千年前的镰刀，又神秘地、不被觉察地握在某个人手里。他用它割麦子、割草、芟树枝、削锨把儿和鞭杆……千百年来，就是这些永远不变的事情在磨损着一把又一把镰刀。

打镰刀的人把自己的年年月月打进黑铁里，铁块烧红、变冷，再烧红；锤子落下、挥起，再落下。这些看似简单、千年不变的手工活，也许一旦失传便永远地消失了，我们再不会找回它。那是一种生活方式。它不仅仅是架一个打铁炉，掌握火候，把一块铁打成镰刀这样简单的一件事，更重要的是打铁人长年累月、一代一代积累下来的那种心理，通过一把镰刀对世界人生的理解与认识。到头来真正失传的是这些东西。

吐尔洪·吐迪家的铁匠铺，还会一年一年敲打下去。打到他跟父亲一样的年岁还有几十年时间呢，到那时不知生活变成什么样子。他是否会像父亲一样，虽然自己当初不愿学打铁，却又硬逼着儿子去学这门累人的笨重手艺。在这段漫长的铁匠生涯中，一个人的想法或许会渐渐地变得跟祖先一样古老。不管过去多少年，社会怎样变革，人们总会在一生的某个时期，跟远在时光那头的祖先们，想到一起。

吐尔洪会从父亲吐迪那里，学会打铁的所有手艺，他是否再往下传，就是他自己的事了。那片田野还会一年一年地生长麦子，每家每户的一小畦麦地，还要用镰刀去收割。那些从铁匠铺里，一锤一锤敲打出来的镰刀，就像一弯过时的月亮，暗淡、古老、陈旧，却不会沉落。

木匠

　　赵木匠家弟兄五个，以前都是木匠，现在剩下他一个干木匠活儿。菜籽沟村的老木匠活儿只剩下一件：做棺材。这个活儿一个木匠就够做了，做多少都有数，只少不多。村里七十岁以上的，一人一个，六十岁以上的也一人一个，算好的。也有人一直活到八九十岁，木匠先走了，干不上他的活儿，这个不知道赵木匠想过没有。也有人被儿女接到城里住，但人没了都会接回来。

　　赵木匠的工棚里，堆了够做几十个寿房的厚松木板，一个寿房五块板，所谓三长两短。我在里面看了好一阵，想选几块做书院的板桌，又觉得不合适，那些板子在赵木匠心里早有了下家，哪五块给哪个人，都定了。做一个寿房多少钱，也都定了，不会有多大出入的。

　　村里的老人或许不知道赵木匠心里定的事。有时哪家儿子看着老父亲气儿不够可能活不过冬天，就早早地给赵木匠搁下些定金，让把寿房的料备好，到时候很快能装出来。更多时候是赵木匠自己做主，把他想到的那些老人的寿房都定制了。早晚都是他的活儿，人家不急他急，他得趁自己有气力时把活儿先做了，万一几个人凑一起走了，他又没个打下手的，那就麻烦了。

赵木匠心里定了的事，旁人不知道，鬼会知道。鬼半夜里忙活着抬板子，三长两短盖房子，给每人盖一间，盖到天亮前拆了板子抬回原处。我不能买老木匠和鬼都动过心思的板子，看几眼，倒退着出来，临出门弯个腰，算请罪了。

我们的大书架和板桌、木桥，原打算请赵木匠做的，问了下工钱，也不贵，但最后请了英格堡乡打工的外地木匠。也是想着赵木匠二十年来只做寿房，他把菜籽沟的门窗、立柜、橱柜、八仙桌还有木车都做完了，一个老木匠时代的活儿，都叫他干完，我不忍再往他手里递活儿。另一个我就是考虑他脑子里下料、掏铆、刨可能都想的是打寿房的事，我不能让他把这个活儿干成那个活儿。

赵木匠到我们书院串过几次门，他跟我们说着话，眼睛盯着院子里成堆的木头木板，他一定看出这摊木活儿的工程量。

他没问我们要干啥。我也没给他说我们要干啥。赵木匠耳朵背，我怕跟他说不清，我说这个，他听成那个，所以啥都不说。赵木匠是个明白人，他心里一定也清楚，一个木匠一旦干了那个活儿，也就不合适干别的活儿了。对木匠来说，干到可以干那个活儿，就简单了，所有以前学的花样都不用了，心里只有三长两短的尺寸和选板的厚道。赵木匠是厚道人，我看他备的松木板，一大拃厚，看了踏实。

我们来菜籽沟的头一年，村里走了三个人，外面来的小车一下子摆满村道，仿佛走掉的人都回来了。

冬天的时候我不在村里，方如泉说菜籽沟办了两个葬礼和十几家婚礼，礼钱送了好几千。我交代过，只要村里有宴席，不管婚丧嫁娶，知道了就去随个份子。

村委会姚书记说他一年下来随礼要上万，哪家有事情都请他，他都得去。姚书记一点不心疼随了这么多礼。他的儿子这两年就结婚，送出去再多，一把子全捞回来。

村里出去的孩子，在城里安了家，结婚也都回村里操办，老人在村里，养肥的羊、喂胖的猪在村里，会做流水席的大厨子在村里。再有，家人大半辈子里给人家随的礼账也在村里，要不回村里操办酒席，送出去的礼就永远收不回来了。

也是我们到菜籽沟的这一年，英格堡乡出生了两个孩子。我听到这个数字心里一片荒凉，几千人的乡，一年才生了两个孩子，明年也许是一个，后年也许一个孩子都不出生，到那时候，整个英格堡、菜籽沟，只有去的，没有来的。

我另外的一生已经开始

　　我说不出有四个孩子那户人家的穷。他们垒在库车河边的矮小房子，萎缩地挤在同样低矮的一片民舍中间。家里除了土炕上半片烂毡，和炉子上一只黑黑的铁皮茶壶，再什么都没有。没有地，没有果园，没有生意。四个未成年的孩子，大的十二三岁，小的几岁，都待在家里。母亲病恹恹的样子，父亲偶尔出去打一阵零工。我不知道他们怎么生活。快中午了，那座冷冷的炉子上会做出怎样一顿饭食，他们的粮食在哪里。

　　我同样说不出坐在街边那个老人的孤独，他叫阿不利孜，是亚哈乡农民。他说自己是挖坎土曼的人，挖了一辈子，现在没劲了。村里把他当"五保户"，每月给一点口粮，也够吃了，但他不愿待在家等死，每个巴扎日他都上老城来。他在老城里有几个"关系户"，隔些日子他便去那些人家走一趟，他们好赖都会给他一些东西：一块馕、几毛钱、一件旧衣服。更多时候他坐在街边，一坐大半天，看街上赶巴扎的人，听他们吆喝、讨价还价。看着看着他瞌睡了，头一歪睡着。他对我说，小伙子，你知道不知道，死亡就是这个样子，他们都在动，你不动了。你还能看见他们在动，一直地走动，却没有一个人走过来，喊醒你。

这个老人把死亡都说出来了，我还能说些什么。

我只有不停地走动。在我没去过的每条街每个巷子里走动。我不认识一个人，又好似全都认识。那些叫阿不都拉、买买提、古丽的人，我不会在另外的地方遇见。他们属于这座老城的陈旧街巷。他们低矮得都快碰头的房子、没打直的土墙、在尘土中慢慢长大却永远高不过尘土的孩子。我目光平静地看着这些时，的确心疼着在这种不变的生活中耗掉一生的人们。我知道我比他们生活得要好一些，我的家景看上去比他们富裕。我的孩子穿着漂亮干净的衣服在学校学习，我的妻子有一份收入不菲的体面工作，她不用为家人的吃穿发愁。

可是，当我坐在街边，啃着买来的一块馕，喝着矿泉水，眼望走动的人群时，我知道我和他们是一样的，尘土一样多地落在我身上。我什么都不想，有一点饥饿，半块馕就满足了。有些瞌睡，打个盹儿又醒了。这个时刻一直地延长下去，我也可以和他们一样，在老城的缓慢光阴中老去。我的孩子一样会光着脚，在厚厚的尘土中奔来跳去，她的欢笑一点儿不会比现在少。

我能让这个时刻一直地延长下去吗？

这一刻里我另外的一生仿佛已经开始。我清楚地看见另一种生活中的我自己：眼神忧郁，满脸胡须，背有点驼。名字叫亚生，或者买买提，是个木工、打馕师傅，或者是铁匠，会一门不好不坏的手艺。年轻时靠力气，老了靠技艺。我打的镰刀把多少个夏天的麦子割掉了，可我，每年挣的钱刚够吃饱肚子。

我没有钱让我的女儿上学，没有钱给她买漂亮合身的衣服。她的幸福在哪里我不知道，她长大，我长老。等她长大了还要在这条老街上寻食觅吃，等我长老了我依旧一无所有。

你看，我的腿都跑坏了还是找不到一个好的归宿，我的手指都变僵硬了还没挣下一点儿养老的粮食。

我会把手艺传给女儿，教她学打铁，像吐迪家的女铁匠一样，打各种精巧耐用的铁器，挂在墙上等人来买。我不知道她是否喜欢这种叮叮当当的生活，不喜欢又能去做什么。如果我什么手艺都没有，我就教她最简单简朴的生活，像巴扎上那些做小买卖的妇女，买一把香菜，分成更小的七八把，一毛钱一把地卖，挣几毛算几毛。重要的是我想教会她快乐。我留下贫穷，让她继承；留下苦难，让她承担。我没留下快乐，她要学会自己寻找，在最简单的生活中找到快乐，把自己漫长的一生度过。

我不知道这种日子的尽头是什么。我的孩子，没人教她自己学会舞蹈，快乐的舞蹈、忧伤的舞蹈。在土街土巷里跳，在果园葡萄架下跳。没有红地毯也要跳，没有弹拨儿伴奏也要跳。学会唱歌，把快乐唱出来，把忧伤唱出来，唱出祖祖辈辈的梦想。如果我们的幸福不在今生，那它一定会在来世。我会教导我的孩子去信仰。我什么都没留下，如果再不留给她信仰，她靠什么去支撑漫长一生的向往。

如果我死了——不会有什么大事，只是一点小病，我没钱去医治，一直地拖着，小病成大病，早早地把一生结束了，那时我的女儿才有十几岁，像我在果园小巷遇到那个叫古丽莎的女孩一样，她十二岁没有了父亲，剩下母亲和一个妹妹。她从那时起辍学打工，学钉箱子。开始每月挣几十块钱，后来挣一百多块，现在她十七岁了，已经是一个技艺娴熟的制箱师傅，一家人靠她每月二百五十元到三百元的收入维持生活。

古丽莎长得清秀好看，一双水灵的大眼睛里，闪烁着她这个年龄女孩子少有的忧郁。那个下午，我坐在她身旁，看她熟练地把铜皮包在木箱上，又敲打出各种好看的图案。我听她说家里的事：母亲身体不好，一直待在家，妹妹也辍学了，给人家当保姆。我问一句，古丽莎说一句，我不问她便低着头默默干活，有时抬头看我一眼。我不敢看她的眼睛，那时刻，我就像她早已过世的父亲，羞愧地低着头，看着她一天到晚地干活，小小年纪就累弯了腰，细细的手指变得粗糙。我在心里深深地心疼着她，又面含微笑，像另外一个人。

如果我真的死了，像经文中说的那样，我会坐在一颗闪亮的星宿上，远远地望着我生活过的地方，望着我在尘土中劳忙的亲人。那时，我应该什么都可以说出来，一切都能够说清楚。可是，那些来自天上的声音，又是多么的遥远模糊。

辑　二

一生的麦地

一条土路

每个村庄都用一条土路
与外面世界保持着坑坑洼洼的单线联系
其余的路只通向自己
每个村庄都很孤独
他们把路走成这个样子
他们想咋走就咋走
咋走也走不到哪里
人的去处是一只鸡、一头驴、一只山羊的去处
这条土路上没有先行者
谁走到最后谁就是幸福的　谁也走不到最后
磨掉多少代生灵路上才能起一层薄薄的溏土
人的影子一晃就不见了
生命像根没咋用便短得抓不住的铅笔
这些总能走到头的路
让人的一辈子变得多么狭促而具体
走上这条路你就马上明白　你来到一个地方了

这些地方在一辈子里等着

你来不来它都不会在乎

一个早晨你看见路旁的树绿了

一个早晨叶子黄落

又一个早晨你没有抬头　你感到季节的分量了

人四处奔走时季节经过了村庄

季节不是从路上来的

路上的生灵总想等来季节

这条路就这般犹犹豫豫　九曲回肠

走到头还觉得远着呢

这条路永远不会伸直

一旦伸直路会在目的地之外长出一截子

这截子是无处交代的

谁也不能取消一段路

谁也不能把一条路上的生灵赶上另一条路

这些远离大道的乡村小路形成另一种走势

这些目的明确的路

使人的空茫一生变得有理可依

他看到更加真实的　离得不远的一些去处

日复一日消磨着人的远足

这些路的归宿或许让你失望呢

它们通向牛圈、马棚、独门孤院的一户人家

一块地、一坑水、一片麦场、一圈简陋茅厕……

这些枝枝权权的土路结出不属于其他人的果实

要是通到了别处肯定会让更多生灵失望呢

有一年

那年地震　房子晃动了几次
村里人便都忘了　留麦种子
第二年土地长满荒草
我们去河那边的村庄找亲戚
回来时村里人全走光了
留下狗和空屋
我们一家家敲门
背着讨来的半袋种子

又一年离乡的人回来
一个个风尘仆仆蹲在门口
他们都进不了家
他们把钥匙丢在逃荒路上
那一年我们长大成人
向他们讲家里的事情
许多人哭了

他们都没想到

前几个秋天撒落的种子

在他们背井离乡后　一下子发芽

遍滩遍野长满粮食

人们远远闻五谷的香味往回赶

那一年　没有人赶上收获季节

村里人只把自己

从异乡收回来

小村

小村坐在路上　我走来之前
许多人和事情经过小村
所以它见得多了
我也一样　想闭着眼躺躺
雨这时候就来了
像是下给一个人的
却落在许多人身上

许多人远离小村正走在路上
雨中小村是另一种景象
路走完了会有人回头想想
这场雨的确与路人无关
他们敞背露胸
也无一滴落进生命

几十幢土屋的小村空无一人

雨在路上润一个人的心情

麦田无穷无尽浮想哪一年光景

一生里或许有一次好收成安抚一生

下一个秋天离小村太远了

开始我只想停下来看看

后来驮不动自己了

就背靠土墙想一个人一些事情

我知道小村就是一个人的一生

一个人　始终在他一生的某个角落打盹

人们找不到他　几十里外全是梦景

柳毛湾

土地在眼前拐弯　水和麦子
远远看着人走错路
水和麦子在一个秋天与人默默相遇

柳毛湾弯进一群人命里
命里注定有一个湾绕不出去
人和牲口　来回走一条土路
这土路走一辈子最后还回到家里

许多日子使人感觉异常熟悉
麦子一茬一茬生长往事
沙漠成了生命里某种东西
土地拐弯回去　柳毛湾人拐不过这个弯
便种眼前沙土地
来到这儿已没有走回去的力气

远远的河湾长着麦子

人们远远想一些事

某一天里麦子成熟过三次

某几十年里麦子一点没长

人们靠另一种作物生活

许多东西遥在远路　许多东西

还没有要走来的意思

人们只好盖房子住下

耐心等一辈子又一辈子

麦子和水

很多年月与人若即若离含含糊糊

面对土地

这个黄昏　你们从地里回来
疲惫不堪的样子
很多个年头依稀相似
你们努力走近土地
却总感觉有一段距离
大片粮食生长或死去
全无一点声息

面对土地　有时充满恐惧
这种恐惧无法说出
很多人住在一个村庄
抵挡孤寂
你们走远又回来的痕迹
被称作路

水在疏忽中流逝

你们活得差不多了

才想到要弄清楚为什么活着

有时想大喊几句

突然看见大片土地沉默不语

只好尴尬地低下头

种这块土地

也就是种一辈子的心事

日落日出　　土地总用一点儿收成

敷衍人的一生

也有说不出的东西

某个年头从地里长出

就在你们高兴或不高兴的时候

土地无声无息

听人一步一步走完一辈子

而后人的脚步声

从村庄那头　　重新响起

有无收成都是一年

有收成无收成都是一年
反正　种自己这块地
种子播下去
心境就会一天天不同起来

因为一辈子要种
要一年一年地种一辈子
况且家离土地很近
家也是土地的一部分
人也是庄稼的一种

不像种野地的
春天赶一辆马车到很远的山洼
播一片葵花什么的就回来再不去管了
种子发没发芽播种的人也不知道
有个夏天葵花开得很圆很好看

种葵花的人也不知道

直到秋后赶一辆马车去收

那种心境是上路时才有的

收上收不上　反正去一趟

种自己的地呢

一天天的心情

要靠自己一天天种出来

不住地耕种　看天色土地

这个时候　人自然就意识到

自己夹在天地之间

那种心境　其实不光是自己的

到了秋天

无论谁种的麦子熟了

那谷香都会弥漫在空气里

被远远近近

有收成无收成的人闻见

黄沙梁

一年秋天　我们离开父亲
到很远的野地播麦子
第二年父亲离家远行
我们守在家里　因为身边手边的事
就把远处那片麦地忘了

长在黄沙梁上那片矮玉米
有一年看见我们的父亲
疲惫不堪走向老黄渠
很多个秋天我们听叶子的声音
猜想黄灿灿的谷粒去了哪里
父亲类似一种晚秋作物
我们守着他长熟
最后遗落荒地
这些捡不回来的粮食
让我们饥饿地感到富裕

多少年后父亲和我们

在一片荒地上相遇

摊开骨头　麦节一样完整的骨头

冥想　我们一生一世的麦穗

在什么地方扬花

大片生长着的粮食

依旧远远看人们低头赶路

匆匆忙忙错过一片一片沃土

那时活着的人们　会用最后一点记忆

想起　我们忘记收割的麦子

想起我们自己

一样被遗忘

就在黄沙梁这块地方

我们和父亲　父亲的父亲

等同一粒麦子长熟

更多的麦子绕过黄沙梁

一年年熟落下去

家园

我们还想住下去时

墙向四面走开了

兄弟们各追一道墙壁远去

我一个人守在家里

听他们仓促的足音

渐渐小成一滴微雨

更庞大的雨此刻在西莽原

追杀一粒黄土

它是一座新城的种子

在头顶漂泊千年我们都不知道

许久后兄弟们

踩着没膝的黄土回来

在我的破草棚下休息

他们都在远方有了家

和我们以前的房子一样

谁也没走到有石头的地方

谁也不提先前的事儿

兄弟　这些年又有许多墙壁

从土地上站起来

它们兄弟般围成家园

抵挡年年的酷暑严寒

我们分散在外

留下父亲孤零零的墓碑

那是走得最远的一堵墙

再不能回来

经过一个村庄

老远就有人站在家门口

看着我走近又走远

这种情景在一生

经过的其他村庄　每每发生

这些村庄的人们

似乎一辈子　漫不经心

边干活边等一些人一些事情

却从不向过路人打问

这些人和事情是否已经上路

他们造坚固的房子

生儿育女　像要永久住下去

世世代代吃自己种的粮食

在四野里栽树

只把路空出来　日日朝那里望

我就是从那里走来的

一路很荒凉　除几个破落村庄

再没遇见什么　快进村时

才看见大片郁郁葱葱的粮食

这是我一路上甚至一辈子

遇到的最美好的东西

他们活在这些粮食中间　漫不经心

吃饱肚子想另一些人和事情

我不是他们要等的那人

三十里外另一个村庄

多年不见的朋友

此刻摆好酒席

打发他的儿子去村头张望

我也不是这个朋友

一辈子要等的那人

这个朋友已经走不动了

垂危之前　他盖好一大幢房子

他会腾出一间

劝我住下别走了

其实这么多年我一直

渴望被一个人或一些事情

永远留住　这个朋友不是

我渴望的那人

那房子也不是

我一生的村庄杳无地址

一次又一次

我打发自己　孤身远去

与一个陌生村庄

一村默默期待什么的人

静静相错而去　我走过的路上

只有一些尘土飘起来

缓缓地　不知会落到哪一个人身上

老黄渠

我们走后剩下的人
将黄土路向北挪动了半里
腾出些地方盖房子种地
还是那几样作物
一茬一茬在老地方长出
人们一年年走过去
水从老黄渠淌来　环田绕户
一些作物在几天前干渴而死
另一些活了下来
这场水后土地还要重新龟裂

人们依旧吃去年夏天的麦子
活到今天　依旧有力气结婚
造屋生养孩子
老黄渠浸满枯死作物的根须
我们走后不知道粮食

又收获过几次

总是有人
等不到这一季的麦子长熟
五谷青青时他们匆忙离去
背影飘摇如叶
让剩下的人感到一种作物熟了
却不知这种作物熟在哪里
梦里我们常听见熟落的谷粒
敲远方某一块土地
因此总有人悄然离开村庄
像我们一样流落异域
剩下的人依旧看粮食在老地方长出
依旧饮老黄渠水
渐渐吃胖又渐渐憔悴下去

这粮食
收获一百次还跟没收获过一样

卖掉的老牛

秋收之后
父亲把我们家那头老牛卖了
我们看着它被人牵走
父亲越老就越需要
一头更强壮的耕牛

它被卖到另一家
仍旧是耕地和拉车
我们常在土路上碰到它
只是默默望一眼
跟赶车人说几句闲话
对牛　我们确实不知该说什么

牛的一生没办法和人相比
我们不知道牛老了会怎么想
这头牛跟我们生活了六七年

我们呵斥它　鞭打它

在它年轻力盛的时候

在它年迈无力的时候

我们把太多生活负担推给了牛

即使这样　我们仍活得疲惫不堪

常常是牛拉着我们

从苦难岁月的深处

一步一步熬出来

我们从未像对待父亲一样

对待过牛　夜晚它拴在屋后的破牛棚里

好像是邻居　其实

它跟停在院子里的笨重牛车一样

仅仅是工具　我们喂养它

希望它膘肥体壮

就像希望五谷丰收

牛也是粮食

一个黄昏

父亲和牛一前一后回到家里

夕阳照在他们落满尘土的身上

我们忽然发现

牛和父亲一样　饱经风霜

我们同样不知道

父亲老了又是怎么想的
他卖掉那头牛
或许是不忍宰杀的缘故
也可能他想到了自己

一生的麦地

有人走过你一生的麦地

面影模糊　似你曾见过的某人

又像不是　早年的矮草棚里

一条白狗含含糊糊

梦见你的脊背趴满绿虫

醒来它的狗皮不见了

大片黄熟的麦子撒落在地

没有人收割

生命是越摊越薄的麦垛

生命是一次解散

有人走过你的一生没遇到你

老鼠偷食你剩下的日子

一群红蚂蚁　打算用五年时间

搬空你后墙根的沙土

你得走了　村里有许多人卧病不起

许多人开始感到家不在这里

他们被自己的狗咬伤

在麦子快长熟时发现

种子错撒在别人地里

自己的那片荒在野外

一个早晨你醒来

四周全成空房子

人们在远迁的另一个村庄

注销你的名姓地址

而你还惦念着他们

扔下一生的麦地去远方寻问

年代那头的破墙下面

一个很像你的人

正结算你一生的收成

你要顺路去看看　离他不远

另一些人表情麻木

大捆大捆的麦子扔进火堆

太阳偏西

谁收起农具

好像早早干完一辈子的事情

回到家里　谁这时候锁门出去

午后的光景仿佛

谁的后半世

谁最后被远处隐约的田埂拦住

夕阳斜照的庄稼地里

一个人猛然站起

高出庄稼半截子

谁蹲久了也来这么一下

走路和劳动的人

已经没多少力气

谁还要再干一阵子

谁知道自己要种多少年地

收成才能够吃一辈子

谁望着满眼葱郁的青禾

发觉先长老的竟是自己

天黑透了谁收工回去

木桌上简单的晚饭凉如往事

一样农活死死缠住谁

谁在以往的坦途中慢慢感觉到时间坡度

走过千次的坎儿竟一次也走不过去

日子好好的　衣食足足的　谁不行了

满坡满梁的黄花为谁开遍四季不结一粒籽

离村庄很远的麦地

总在寂寞中熬黄叶子

该熟的时候它们自然就熟了

谁睡在家里推算收获日期

我们黄土高筑的村庄是

另一片作物　此刻静静生长影子

水一样的光阴环田绕户

一把铁锹插在田间

可能干活人被另一件事
唤回村子
可能有些活　干到最后看不清楚
一条土路穿过他们的地
占去不少亩　我走过时看见
插在田间的一把铁锹　木柄已腐

遍地庄稼矮矮的
像一片模糊的陈年低语
我在路上辨不出季节向谁暖去
多少年一种颜色的旧叶子
装饰作物　我在路上遇见它们
一片片黄熟或者泛绿
在这些地里　可能多挖一锹少挖一锹
终究是一回事
有些活不干也就没有了

干起来一辈子干不完

田野那头
一村庄人炊饮生育劳动
我在两三里外　看不出一点动静
土路上静静地　像是多少年无人走动
此刻未返回田间的那人
可能深坐家中　隐藏磨短磨钝的一生
插在田间的一把铁锨
使劳动显得深远而静

遥远的黄沙梁

在遥远的黄沙梁

睡一百年也不会　有人喊醒你

鸡鸣是寂静的一部分

马在马的梦中奔跑

牛群骨架松散走在风中

等你的人　在约好年成

一季一季　等来三十岁的自己

等来五十岁的自己

道路尽头一片荒芜

有时你睁开眼睛

天还没亮

或许天亮过多少次

又重新黑了　炕头等你的鞋

被梦游人穿走　经历曲折异常

他在另一个村庄被狗咬醒

名字和家产全忘在异乡

而你睡醒的梁上
一棵树梦见它百年前的落叶
还在风中飘荡　漫天黄沙向谁飞扬
离家多年的人　把一生的路走黑
回到村庄　内心的阴暗深似粮仓

在遥远的黄沙梁
人们走着走着便睡着了
活着活着便远离了家乡
房子一间间空在路旁
多少年　家还是从前模样
你一个人从梦中回来
看见田野收拾干净　草高高垛起
播种和收获都已经结束
爱你的人　睡在另一个人身旁
儿女一炕　从村南到村北
只有你寂寥的心被风刮响
梦里用旧的一把锨扛在肩上
没意思地游逛
像件旧布衣被忘在另一世上

给你梦想的地方
给你留下墓地的遥远村庄

有人一夜一夜　扫起遍地月光

堆成山一样

高过沙梁

有人吃饱了没事

头枕土块在长夜中冥想

一颗扁瓜熟透在肩上

草莽中的一颗瓜　被人遗忘

才熟透彻　也跟没熟过一样

在遥远的黄沙梁睡着

你的寂寞便变成

无边永远的寂静了

一个人的村庄

有时我走到自己的远地

看看无法守住的辽阔一世

沙子啊　草啊

葱郁之后一切葱郁皆是荒芜

我一生的边缘上

陌生的炊烟四处飘起

更多年月我守在村里

一个人的村庄空空寂寂

人去了哪里　我关死所有的门

在每间房子　点一盏油灯

我加满灯油　它们亮到哪一年算哪一年

反正　我再不去管它们

总觉得有一天会有人

走进那些空房子

依次地打开门
把亮着的油灯一盏盏吹灭
我坐在最后一间房子里
听开门的声音渐渐逼近

另外一天　又有一个人
走进荒野上漆黑的村子
打开每一扇门
把那些房间里的油灯一一点亮

那时我正在哪一条荒远的路上
蓦然回望　衣裳和帽子全都晒黄

好在这土地

好在一季季种下去
其收成总能凑合着过日子
好在女人们顶能生育
种到哪一年我们成鬼成土
土地无边无际仍无寸土荒芜

好在作为男人
一辈子总有两块土地
能够反复种植
且每一次都新鲜如初
好在收成多少　也就那么回事
有时一大堆种子
压在一小块土地上
有时仅有的一把种子撒在地外了
成花成草　好在这土地大着呢
总不能都种粮食

有时撒出去的种子悬在半空
我们也只好使土地隆起
在我们够不到的地方
开花结果实
我们把地种成这个样子
好在苦乐都能过得去
一锹锹一犁犁翻动下去
土地就到了另一片天空下面
我们就到了另一季
看看自己亲手种出的东西
长大后又成了什么东西
好在我们都知道　种地嘛
本来就是空一下实一下
这一年亏了下一年补
这辈子都亏了呢

好在这土地
种下些什么总能长出
坏在这土地
种下什么都能长出

天是从我们村里开始亮的

一

老父亲说　人站一站也要老哩
动一动也要老哩
老是挡不住的
跑到天边也躲不过去

老父亲说　在我们村里
随便种一块地
就够你种一辈子
随便一个女人
就够你爱一辈子
随便一堆土
就埋掉你一辈子

二

天是从我们村里
开始亮的　亮到极远处黑回来
就是一天
草也是从我们村里
开始绿的　绿到天边枯回来
就是一年

我们在有数的几十年里
每人种有数的几十亩地
每年收有数的几麻袋粮食
完了就是一辈子

三

平常的一个下午
平常的一顿晚饭
在村里悄悄结束
炊烟把这个平常的事件
传递到远处
远处还有炊烟向更远处传递着

这个消息最后传回来
剩下我一个人

坐在村外的坡地

我像个特务

多少年一直窥探着村子

记下许多重要事情

却传递不出去

再过几年我也和父亲一样

彻底老掉了

外面的人还不知道我

和我们村里发生的一切

我种的地比他们都远

很多年　我是另外的一个人
我种的地比他们都远

每天天不亮我便出村了
穿过黑暗田野　路全是坏的
我知道走坏路的都是些好人
他们负重而行　一步深过一步
我干的事情从没人注意
天亮后世界的某个地方
已发生变化　一块地被翻过了
新割的几捆草立在田野

要是我不去种那块地便荒掉了
没一块地种我的一辈子
会一样荒凉
有几个晚上我睡在田野上

头枕土块　怀想起一生的漫长时光
草和庄稼　静静围着我生长
一把铁锨斜插身旁

我时常半夜坐起
遥望夜色中漆黑一片的村庄
我的户口　我的无人驻守的家
此刻一样静候着天亮
我甚至可以不回去
在远处打了粮食　就地吃掉

秋天　我总是最后一个
把庄稼收回来
那时早收的人已将粮仓吃空
冬天就要来了
饥寒的人们站在路旁　两手空空
看着我把成车粮食往家里运

离他们很远的一个人
蓦然间走得很近

看守庄稼的人

看守庄稼的人

深藏草中　整个秋天听庄稼走动

地一块一块腾空

秋天的路上尘埃不动

一头忍辱负重的牛

比人走得更静

一群羊苍茫地走向

恍惚　过去年月的某一代人

辽远旷野上它们脚步深沉

搬运天空

偶尔喊叫两声

听上去全是草的声音

久了再听唯有风声

草返身涌回时

看守庄稼的那人

草草卧荒入梦

金黄的草籽落在身上

一片寂静　喧哗回到一个人的心里

就像粮食的人

很累很累回到家中

荒野深处

唯剩农人暗自生长的声音

一阵阵一阵阵

大得吓人

好天气

我们等错地方　年月轮回中
一些好天气飘移到远处
久期的那场雨落在
百里外的一片戈壁
千年荒滩一夜间草木葱郁
环村的粮食却枯了

我们还回到以前住旧的房子
穿好棉鞋再议一议
再想一想那时
大片绿麦生长在雪地
十二月的寒气中谁封门远去
姓氏破损
名字的笔画被雨锈蚀
我们吃过早饭
看见很多人匆忙上路

牛车装满木器　人着单衣

向南向北结果全步入冬季

离村庄很远的一场雨

下了很多年已经没有湿意

我们错守在村庄

家中无书　一年年吃错谷米

长成现在这个样子

靠牢固不变的姓氏

面朝黄土

却总能在不远的一条路上

和另一茬粮食迎面而遇

面孔模糊的一些人

我睡着的时候　你们
把我抱到另一个村庄

你们一路掩埋脚印
移动多云的天空
在我四周　撒满陈年麦种
起一个陌生的名字等我醒来
你们是谁呢

那一年我在面北的房间
梦见我长大　衣衫破烂
站在远离家乡的路上
向遇见的每一个人借钱
那一年　你们捡拾我身边的麦穗
低低地说着话
我没有觉醒

你们一生的操劳都这样小声
也没有更多尘土扬起来
弥漫上空

多少年多少村庄淹没在草中
我寻找回家的路
在田野上看见你们生存过的痕迹
一些瓦片一些零碎的哭笑声
和　留在空气里的粗糙细纹
我没有亲人
但我时时感觉到
面孔模糊的一些人
仍在我周围某一块地里
愈加小声地劳动着
再不惊动我
再不会抬起头来　喊我一声

粮食是一种势力

一

人们逃荒去了

大片大片的粮食

在家乡黄熟

村庄空无一人

粮食饥饿的喊声遍布四野

二

远处　一大群人围住一粒粮食

多么陌生的一粒粮食

四周空麻袋遍地

可以看清麻袋上的破洞

人们饥饿的眼睛

追忆：粮食漏在一条路上

路被人走远

一条黄金大道

再也看不见

人们开始抖空麻袋

人们烧大堆的麻袋取暖

空气中弥漫起粮食的味道

人群骚动起来

三

人群看上去很旧了

人群稠稠密密像哪一年的粮食

一阵风刮过

人群好像长了一截子

四

逃荒路上

人群被粮食追赶

粮食无边无际围过来

人群朝荒凉处奔逃

穿过四季

看见一茬又一茬粮食

更加稠密地挡住去路

人群转头往回跑

粮食把人们逼到贫困深处
人们被迫拿起镰刀铁锄
劳动重新开始了

五

一部分人在路上
被粮食消化掉
其余的人们回到村庄
消化剩余的粮食
大野空寂
苍茫天地间只剩
人和粮食
茫然对峙

我未经历的一年

这一年我在别处　一样遇到麦熟
一样地受着苦　想到可以放下的
一两件小事　到头来还是
把一生中的一年拖到遥远

一个人离家多久
才能把外面的事情彻底干完
一个人来到黄沙梁
看见熟悉的人还活着
姑娘们依旧美丽年轻
他会以为自己来得不晚
而在这个村庄眼里　你已晚来多少年
多少事开始又结束
一朵叫刘二的云飘向天边
经年不散　一场叫韩三的黄风
一刮五十三年　昏天地暗

离开的时候　我想

无论我在哪一年　重新出现

我都会扛一把锨

轻松自若地回到人们中间

事实上一些年月使我

再无法走到他们跟前

当生命在另一时空完整再现

我看到的仍旧是

人在岁月中的无助和孤单

——那个下午

世界上有些地方在下雨

有些地方正是冬天　冰雪封门

而在黄沙梁　一群一群的人

正靠着土墙根晒太阳

暖暖暖暖的太阳

公平地照着每个人的太阳

我身穿新衣裳　骨头苍凉

我不敢和他们比幸福

比快乐无忧的时光

这一生中　我比他们少晒了多少下午的温暖阳光

粮食列队回来

我看见有一批粮食

随渐渐暖和的日子走了

它们繁茂的枝叶汹涌向上

远远地挡住太阳

另一批粮食和我们

留在村庄

平淡地等日子回来

无边黑暗的麦子

深隐土地　村庄阴影密布

就剩下我们了　兄弟

命里从未被照亮的远处

模糊地长着什么呢

七月之末　我看见粮食的骨头

一堆一堆遍布田野

道路开阔　似乎一生的活

都结束了

我们落荒而坐

远远看见去年冬天的一堆大火

仍在沙梁上熊熊燃烧

它的火光夜夜映红村庄

庄稼站在大雪中

叶子翠绿　花朵金黄

我们一生一世的粮食

永远在远路上　被果实拖累

脊背随天空弯向远方

每年每年　风将落叶刮回到村庄

我们满含热泪

闻见粮食的味道

一阵阵飘来　饥饿和贫穷

被染得金黄

比我们更加饥饿的粮食

那一年　五谷列队回来
一个个断头缺臂
它们把花开败在路上
果实丢在远处

兄弟　剩在村里的暖日子
一天天放凉了
我们拿什么抚慰粮食
比我们更加饥饿的粮食
拥挤在路上　田野空旷
十二月的村庄里　我们
梳理零乱的枝叶
腾开路

另一年里五谷匆忙远行
细密如雨的脚步声

踩过村子

那时干草丛中稀疏的农人

形容孤僻

收拾那一年的荒地

挥镰中面黄肌瘦的日子

一片片倒了

我们给谁守着村庄

一页页打开农历

看见二十四个节气上

从容静候着的五谷

我们从来只见过

它们昨天的长势

五谷枯荣无度

成群结队流浪在我们一生里

背影繁茂模糊

留在过去的一个村庄

人们在另外的年月劳忙

头顶尘土飞扬

一片一片的麦地陷入以往

小英　我们留在过去的

低矮村庄　扶直倒伏的炊烟

就像扶直庄稼一样

牛羊的影子在田地间浮想

代年阴暗的界线上我们打好木桩

阳光不太多时

我就一个人坐在屋顶

看你在干净的水流旁换洗衣裳

四野的青草

静静地忘掉了生长

小英　我们晚几年离开村庄

天尚未冷　水还不凉
消失的事物在暗中反光
并向更远的将来
深刻印象
一点余温中我们暂吃陈粮

等路上尘土飞扬
远远地我们点亮炉火
人们黑暗的背后
多少年前的麦子
还在遍野里为谁扬花
土路不断　房子一间未塌
我们扔在荒草中的马
自己收拾好骨架
过去的力气重回到肩胛

相遇一生

不要敲　我的门一直

为你虚掩着

进来悄悄坐一会儿

我的钟表停在某一刻

你知道这一刻发生了什么

我们失去一次机会了

再离开我的时候

原把门轻轻掩住

若你不再来

我就用等你的方式

等待另一个人

要走的路很长呢

要说的话已经不多

我相信沉默是一种贞洁

2 3 6

相爱的人　在寸土上

默默相遇一生

各自守一个美好的梦　互不惊醒

隔世情语

多少年后我自己　就是一座村庄了
几十幢空房子　为你
腾空的几十年岁月　耸立荒野

一生中最穷困的那些年
最富裕的那些年　都过去了
流水返回高处　风雨停歇
生命晚期的我
住在暮色已深的村西头
一个孤独的守望者
你的到来使我寂静一生中尘土又起
仿佛一个巨大商队
正经过我行将荒弃的一世

年轻时我梦想
在你柔美一生中种满麦子

我一个人的麦子　无边无际

一生中每一天我都提镰走向你

多少年来我拿起又放下

多少大事

就像一株草最后把开花的愿望枯回根部

多少年后注定

有一次无言相遇

荒野朝天　月光铺地

久远的歌声响起　青春回来

身体娇小的你

靠在我空茫一生的最后角落

像一句隔世情语

多少年我珍藏的东西——变质

多少年荒草淹没世路

你去了哪里　我等来衰老的自己

孤守家园

多少年岁月是一片

无法逾越的苍茫地域

离你很近时我会恍然觉出

我们各自在各自的一生里

一生和一生之间　相距百里千里

而在我多少年的梦中

你激情纷呈的岁月

正向我涌卷而来

将我沧桑的一世覆盖

辑　三

一个人的自言自语

乡村是我们的老家

一、对一根木头的尊重

前不久，我在喀纳斯景区，一个山庄老板告诉我，说他那里有一根奇异的大木头，让我过去看一看。我对大木头一向好奇，就跟了去。一进山庄，果然立着一棵非常高大的木头，头朝下栽在土里，根须朝天张牙舞爪，我看了非常生气，对老板说："你怎么可以把这么大的一棵树头朝下栽着呢？"老板说，"是棵死树。"我说："死树也是树。它有生长规律，它的生长是头朝上，像我们人一样，你不能因一棵树死了，就把它头朝下栽到地上。假如你死了，别人把你头朝下埋到土里，你肯定也不愿意，你的家人也不愿意。"

这个老板显然不懂得该怎样对待一根木头。谁又懂得这些呢？我们现在做什么事都普遍缺少讲究，我们只知道用木头，用它建筑，做家具，但不知道该怎样尊重地用一根木头，我们不讲究这些了。但我们的前辈讲究这些，我们古老文化的特征就是对什么都有讲究。有讲究才有文化。没讲究的人没文化。

看看老家的老宅子，从一砖一瓦，到怎样用木料，都有讲究。

我们的祖先把传统文化系统建筑到房子里，人住在里面。

记得几年前我装修一个酒吧时，买了一根长松木杆，要安在楼梯上当扶手，木工师傅把木头刮磨好，问我：

"这根木头该怎么放？"

我说："你说该怎么放？"

他看看我说："应该是小头朝上，大头朝下。我们老家都是这样做的。"

木工师傅的话让我对他刮目相看，他显然没有上过多少学，但是他知道最起码的一点，木头要小头朝上，大头朝下。原因很简单，因为树活的时候就是这样长的，即使它成了木头，做成一个楼梯的扶手，也要顺着它原来的长势，不能头朝下放。这是谁告诉他的呢？就是我们乡村文化给他的。在乡村，老人都是老师，好多事情他们懂，知道讲究。老人按讲究做的时候，年轻人就学会了，文化就这样一代代往下传。

我小时候看大人盖房子，大人干活时我们孩子都喜欢围着看，尤其是干技术活，因为这些活我们一长大就得干。干的时候再学来不及。只有小时候有意无意去学。大人们盖的是那种朝前出水的平房，屋顶有一点斜度，前低后高。房顶的椽子一律大头朝前。檩子横担着，没有高低，但也有讲究，要大头朝东。房子盖好了，一家人睡在一个大土炕上，睡觉也有讲究，大人睡东边，睡在房梁的大头所在的地方。小孩睡西边，睡在大梁小头所在的地方。我从小就知道了盖房子木头该怎样放。以前到了村里人家，习惯仰头看人家房顶的椽子檩子，有的人家也不讲究，看到不讲究地摆放木头我就觉得不舒服。

中国人讲究顺，这个顺就是道。道是顺应天地的，包含了天地万物的顺。我们干什么事不能只考虑人自己顺，身边万物都顺了，生存其间的人才会顺。木头的顺是什么？就是根朝下，梢朝上，树活着是这样长的，死了的木头也是树，也应该顺着它。我想，即使一个没讲究的人，看见一棵大树头朝下栽在地上，心里也会有不舒服的感觉。因为它不顺。我们住在一个木头摆放不顺的房子里，生活能顺吗？

二、有讲究的房子

好多年前，我陪母亲回甘肃金塔老家，母亲一九六一年逃饥荒来新疆，四十多年了，第一次回去。老家的居住环境和我们在新疆的差不多，村子也在沙漠边上，靠种地为生，刮起风来黄沙满天。耕地比新疆少，收入应该也少。但是老家村里的房子跟新疆的不同，每家都住四合院，正门进去是一堵照壁，照壁对着是正堂，堂屋里面摆着祖先的神灵，那是一间空房子，平常的时候什么都不放，只放着祖先的灵位。家里做了好吃的，先端一盘过去敬献祖先，祖先品尝过了，再端回来自己吃。

新疆农村汉民的房子，四合院没有了，一排平房，后高前低，一出水的半个房子，不管家里房子多少，全是人住的，没有一间是给祖先住的。我走过许多乡村的许多人家，没看到哪一家会留出一间房子给自己的祖先。不管有多少间房子的人家，都不会有一间给祖先，所有的房子都是住人的，盛放物品的，没有一间房子空出来留给精神。祖先被我们丢掉了。

现在新农村的房子更不讲究了。新农村之家的设计者在设计房子的时候，只考虑到大卧室小卧室，客厅厨房，只关心电视机放哪，冰箱洗衣机放哪，他们考虑到把祖先放哪吗？没有。当这一切放置好了，一个家就算安置妥当了，哪都是东西，祖先的位置没有了。

而在老家农村的家庭，大都有两个居所，一是人居住的房子，一是供奉祖先的高堂。家家都知道给祖先留一个房子，家和家产都是祖先留下的，走了的祖先被安置在正堂里，逢年过节，有灾有难，会过来求祖先保佑，祖先让人们心安。

如今我们有三间或十间房子，都不会想到有一间给祖先和精神，那是一个纯粹的物质之家。

三、万物共居的家

甲骨文的"家"，是屋顶下面一头猪。这个最古老的象形汉字，在告诉我们，"家"是天下万物和谐共存的家，我们的家园不仅有人，还有其他的动物，我们不仅跟人相处，还要跟人身边其他生命和睦相处。

现在的乡村，人们仍然过着甲骨文中"家"的生活。家里有菜园，院子里有家禽、家畜。房前屋后有果树。

这是我理想中的家，有一个大院子，家里有父亲、母亲、爷爷、奶奶，三代同堂，最好还有太爷、太奶，四代、五代同堂，就更圆满幸福了。人住的房子边是牛圈和羊圈。房前屋后有几棵树，树有小树大树，小树是父亲栽的，长得不高也不粗，大树是爷爷太爷甚至不知道名字的祖先栽的，这个树应该有几百年的岁数。我们在这样的树下乘凉，自然会想起栽这棵树的祖先，也曾经一样坐在树荫下听着树叶的哗哗声，在夏天午后的凉爽里，他也听着树上的鸟叫，也曾年复一年看到春天树叶发芽，秋天树叶黄落。我们坐在这样的一棵老树下，自然会把自己跟久远的祖先联系在一起。当我们看到祖先留下的这些时，其实就看到了祖先，感觉到祖先的气息。在一棵老树的年轮里，有年复一年的祖先的目光。就在这样的轮回中，时间到了我们身上，我们长大了，祖先不在了，但是祖先栽的树还在，祖先留给我们的阴凉还在，这就是家里一棵老树的意义。

在一些乡村，还能看到这样的院子，院子里的人家，三世或者四世同堂，院子里有鸡鸣狗吠，菜园里每年长出新鲜的蔬菜，这是一个多么美好的家园啊！而这个让我们温馨自在地生活了千百年的家，也正在广大农村逐渐消失。

上个月我去南山采风，看到那里规划的一片新农村，红色的屋顶，彩色的墙面，每家每户都整整齐齐，院子全是水泥地，房子里全是现代的家具，给人面貌一新的感觉。但是看完以后我还是觉得少了一点什么东西。少了什么呢？牛羊不见了，狗不见了，鸡不见了。问当地的负责人，"这个农家院子里怎么没有家禽和家畜？"负责人说："那些动物都被放到外面集中饲养了，我们新农村建设的一个标准就是要让人畜分居。"

在接下来的座谈中，我对当地的新农村建设发表了自己不同的看法。我说，新农村不应该只是人的新家园，我们和家畜和谐相处几千年的生活，不能在新农村这里中断了。应该赶快把赶出去的牛羊请回来，把鸡和狗请回来。

其实，我也知道，这个军营一样整齐排列的新农村，已经不适合这些牲畜生活了。每家的房子都一模一样，人靠门牌号可以找到家，一头羊和一只鸡，是肯定找不回家的。

中华文明的"家"，是从屋顶下面一头猪开端，如今变成屋檐下面只有人的穴。一个万物共居的家里，剩下孤单的人。

四、弯曲的乡土路

乡村土路大都是弯曲的。不像现在的高速公路这样笔直。然而就在弯曲的乡村土路中，蕴含着别样的乡村文化和哲学。

为什么这样说呢？

因为路是人走出来的，什么样的人就会走出什么样的路，人怀着什么样的心态，就会在土地上踩出什么样的脚印。

乡村土路就是村人在大地上行走的一种方式，那些弯弯曲曲的乡土路，总是在绕过一些东西，又绕过一些东西。不像现代高速公路，横冲直撞，无所顾忌。乡土路的弯曲本身蕴含着人走路的一种谨慎和敬畏。它在绕过一棵树，一片菜地，一堵土墙，一堆坟，一洼水坑的时候，路被延长。它不强行通过，不去践踏，尽量地绕，绕来绕去，最后把自己的路绕得弯弯曲曲。

但是在它的弯曲中，保留下土地上许多珍贵的东西。

好多年前，我去伊犁昭苏，看到一棵大榆树立在路中间，感到非常惊奇。当地人说，路修到这里的时候，要通过这棵大榆树，当地政府和包工头要把这棵榆树砍了，因为一棵树立在路中间不好看。为什么没砍呢？这棵树是当地的神树，附近村民多半有信仰萨满教的传统，有病有灾了，会在树上系一个布条，在树下许个愿，灾病就过去了。听说这棵树灵得很，前来祭拜的人终年不断。当地人不愿意他们的神树被砍，大家联合起来保护这棵大树。

最后这棵树留了下来。并不是村民们保护了它，而是修这段路的包工头突然出车祸死了。老板是主张砍树最卖力的人，推土机都开到了跟前，要把树推倒。树没倒，老板先死了。这件事把人们镇住了，不管是当地政府，还是施工队都对这棵树一下子敬畏起来。这确实是一棵神树，确实不能砍，包工头想砍这棵树，结果被车碰死了。大家都害怕了，这棵树就这样留了下来，它就立在去昭苏公路的中间，高大无比，几人才能合抱住。好多车辆经过这里，会自然而然停下来，在树边拍照，树上挂满了当地人系的各种颜色的布条。我们也在树下拍照。尽管在修公路的时候，大树根部被埋掉了两米，但是剩下部分仍然是高耸云端。

后来这棵树怎么样了呢？

又过了好几年，我再去昭苏的时候，那棵树不在了，从路上消失了。什么原因呢？说是有天晚上一个司机可能开车打盹了，没看到前面的树，一下子碰到树上，树把人撞死了，树犯法了，所以树被砍掉了。你看人多么的不讲道理啊，树又不动，怎么会把人碰死呢？明明是人碰到树上死了，却说树把人碰死了。中国人都知道杀人偿命，树撞死人了，所以必须把它砍掉。我过去的时候，那棵树被砍掉时间不长，主干已经拉走，那些系满布条，寄托着多少人美好祝愿的枝条泡在污水里。当地人曾经视为神树的一棵大树就这样被砍掉，变成了木头。

难道人在修这条路的时候，就不知道稍微让一下，绕过这棵树吗？不能。这是现代高速公路的原则，它追求最短的距离、追求运输成本的最低化，当它绕过一棵树的时候，路程增加了，修路成本增加了，运输费用增加了。所以不能绕。

但是我们的乡村土路会绕，懂得绕。乡村文化中有"绕"的理念，现在人没有这个了。我们看到新修的高速公路，几乎都是笔直的，见山劈山，遇沟架桥，没有什么可以阻挡。一棵树能挡住高速公路吗？不能。在高速公路经过之地，多少房屋被拆掉，多少农田被侵占，多少树木被砍伐。没有什么东西能把高速公路挡住，也没有什么东西能够阻挡住现代人走直路，追求最短距离、最低成本的心态。

但是，弯曲的乡土路告诉我们，世间曾经还有这样一种走法，还有这样一种弯来绕去，不惜耗费时光，总是绕过一件事物，又绕过一件事物，把自己的路程无限拉远，尽量不打扰践踏大地上的东西。这样一种绕行的方式，是乡村文化中非常珍贵而现代人所没有的。

相比而言，高速公路倒彰显出现代人在大地上行走的粗暴和野蛮，弯曲的乡土路，则代表了一种行走的文明。

五、故乡

每个人都有一个现实中的故乡，这个故乡有名字，在大地上可以找到。大地域的故乡是省，然后具体到县、乡、村。为什么叫故乡，而没有叫故省、故县，那是因为自古以来人们就认定乡是自己的，省和县都跟自己没关系，那是国家的。乡村从古代开始，就是国家政权之外的自然空间，国家政权到县就终止了。县以下的乡村是亘古不变的民间。正是这个广大的民间使中华文化几千年来保持稳定，朝代更替只是县以上的事，乡村依旧是乡村，就像山河依旧一样，乡村文化可以不受政权更替影响而代代传承。

"乡"让我们感到亲切，从一个乡里出来的人叫同乡，从同一个省里出来的人也叫同乡，在国外碰到本国的人，也说同乡。如果有一天，我们在宇宙中碰到地球上的人，恐怕也会说同乡。同乡的概念就是一个地方的人，这是一种个人地理意义上的故乡。每个人都有一个故乡。对于单个人来说，故乡是什么呢？故乡是我们的出生地，故乡是父亲、母亲、爷爷、奶奶生活的地方。当父亲、母亲、爷爷、奶奶都在世的时候，我们会经常去看望他们，逢年过节聚到一起，那是多么温馨。可是，当我们的爷爷奶奶离世、父母亲离世，故乡还存在吗？

我知道住在城市的人们，父母在乡下的时候，他们经常去看望父母，逢年过节聚在一起，父母不在以后，就不怎么去乡下了，乡下还是他的故乡吗？故乡已被父母带走，带到哪去了呢？当父母收回我们的故乡，当我们在故乡再找不到一个亲人的时候，乡村大地本身就变成了我们的故乡。乡村是我们每个人的故乡。

我们汉人没有宗教，我们的文化是农耕文化，我们的哲学也是乡村哲学。乡村对中国人来说，既是生存之地，也是灵魂居所，也可以说乡村就是我们的宗教。源自乡村"家""孝"理念的儒教完完全全地被农民接受并延续到今天。中国文化最根本的东西都保留在乡村民间。乡村是我们精神文化的故乡。

我心中的故乡，是一个既能安置人的生，也能安置人的死的地方。乡村提供了这样一个地方。它收留你的身体，让你生于土上，葬于土下。在不远的过去，每家每户都有一个祖坟，祖坟离自己的家园不远，出门就可以看到，祖坟或者在地头，或者在离家不远的一块地方。祖坟对我们是一种召唤和安慰，它让人时刻看到自己的生活，也能感受到入土为安的死亡。我们没有宗教，没有建立一个人人可去的天堂。但是我们中国人在大地上建立了乡村，乡村既容纳人的生，也接纳人的死。故乡的意义对每个人来说，就是这样的。当你完结一生，葬在曾经生活的土地之下，和世世代代的祖先在一起，过比生更永远的日子，这样的地方才能称其为故乡。

城市有这样的环境吗？没有。中国人认为人生最悲惨的结局是死无葬身之地。城市人死亡以后，烧了，烟消云散。这样的地方不能作为故乡，至少在文化和精神上不能作为人的故乡。城市是非常适合人生活的第二家园，它是为人的身体所建立的。城市的一切都太适合人的身体了，让人生活其中，非常舒适。它的所有功能都是按人的身体享受所设计的，但是它不考虑人的心灵。城市只让人在它的怀抱中享乐，它只管今生，不管来世，死了就把你烧掉。一个人的生命迹象烟消云散，变成一个骨灰盒，被家人存放在什么地方。

一个能够安置人的生和死、身体和灵魂的地方，才能称其为故乡。中国人共同的故乡是乡村，乡村既是我们的精神家园，也是生存居所。中国的乡村早已经消失了，它存在于《诗经》《楚辞》、唐宋诗词以及中国山水画，中国人从那里走出自己的乡村伊甸园。乡村早已经成为我们的文化精神和宗教。

（根据乌鲁木齐市民大讲堂讲座修改整理）

用一本书创造一个家乡

我的散文集《一个人的村庄》，写的是我自小生活的村庄。当时我刚过三十岁，辞去乡农机管理员的工作，孤身一人在乌鲁木齐打工，在一家报社当编辑，每个月拿着四百五十块钱的工资，奔波于城市。或许就在某一个黄昏，我突然回头，看见了落向我家乡的夕阳——我的家乡沙湾县在乌鲁木齐正西边，每当太阳从城市上空落下去的时候，我都知道它正落在我的家乡，那里的漫天晚霞，一定把所有的草木、庄稼、房屋和晚归的人们，都染得一片金黄，就像我小时候看见的一样。

或许就是在这样的回望中，那个被我遗忘多年，让我度过童年、少年和青年时光的小村庄，被我想起来了。我把那么多的生活扔在了那里，竟然不知。那一瞬间，我似乎觉醒了，开始写那个村庄。仿佛从一场睡梦中醒来，看见了另外一个世界，如此强大、饱满、鲜活地存放在身边，那是我曾经的家乡，从记忆中回来了。那种状态如有天启，根本不用考虑从哪写起。家乡事物熟烂于心，我从什么地方去写，怎么开头，怎么结尾，都可以写成这个村庄，写尽村庄里的一切。

就这样，晚上坐在宿舍的灯光下，在用一个废纸箱做的写字台上，开始写我的村庄文字。写什么，那样一个扔在大地的边缘角落，没有颜色，只有春夏秋冬，没有繁荣，只有一年四季的荒僻村庄，能够去写什么。那么，我回过头去看我的村庄的时候，我看到的比这都多。我没有去写村庄的劳作，没有去写春种秋收，没有写一年四季的盈亏，没有写村庄中一场一场的运动，我写了我的童年，我塑造了一个叫"我"的小孩。写了一场一场的梦。这个孤独的小孩，每天晚上，等所有的大人睡着之后，他悄然从大土炕上起来，找到自己的鞋子，找到院门，独自在村庄的黑暗中行走，趴在到每一户人家的窗口，去听，听别人做梦。

　　然后，写一场一场的风吹过村庄，把土墙吹旧，把村庄的事物吹远，又把远处的东西带到这个村庄。我写了村庄中的人来人往、花开花谢；写了自己在这个村庄的梦想，把所有的劳忙放下，写一朵云的事，一棵草的事，一只蚂蚁的事；写了一片被风吹远的树叶，多少年后，又被相反的一场风吹回来，面目全非，写了一片树叶的命运。

　　我塑造最成功的是一个闲人，不问劳作，整天扛一把铁锨，在村里村外瞎转悠，看哪儿不顺眼就挖两锨。他最大的乐趣就是看，去看别人劳动，他跟虫子玩，他追着风跑，去丈量一场风有多远，他盯着一朵花开谢，他认为这是大事情。

　　这个闲人到人家家去，从不推门，等风把门刮开，进去以后，再等风把门关住。闲人操心的最大一件事情，就是每天，太阳落山之时，独自一人站在村西头，向太阳行注目礼，独自向落日告别。闲人认为此时此刻，天地间最大的一件事情，不是你家粮食收成了，而是太阳要落山了。如此大的事情，整个村庄没有人操心，这是闲人操的心。闲人在每天早晨，大家还熟睡的时候，独自站在村东头，用自己的方式，迎接日出。他认为，此时此刻天地间最伟大的事情，就是太阳要出来了。所有的人都对太阳出来不管不问，闲人不能不管不问，他要独自用自己的方式，去迎接日出。

大地上匆匆忙忙的劳作者，这个村庄里一年四季的辛苦者，养活出了这样一个想事情的闲人。一个彻底的闲人，闲到自己的心境像一朵云一样，一朵花一样，一阵风一样。

这个闲人，在村庄，在自己家那个破院子中，找到了一种存在感。

我在城市找不到存在感，每天不知道太阳从何方升起，又落向哪里，四季跟我的生活没有关系。我只看到树叶黄了又青了，春天来了，又去了。我在一岁岁地长年纪，一根根地长皱纹，我感受不到大的时间。

但是，在我书写的那个小村庄里，人是有存在于天地间的尊严和自豪感的。太阳每天从你家的柴垛后面升起，然后落在你家的西墙后面。日月星辰，斗转星移，都发生在你家的房顶上面，这才是一个人的生活。

《一个人的村庄》就写了这样一个少年，一个青年，一场一场的梦，写了他对一个村庄，和对整个世界的完整感受和看法。他让一个荒僻的村庄中，卑微的人生，有了那么一点存在的理由和价值。他找到了最荒远处人的一种生存礼仪。这就是我对这个村庄的塑造。它是一个人的村庄之梦。

这样一篇一篇地去写这个村庄，写了近十年时间，从九十年代初写到九十年代末，我完成了《一个人的村庄》。

或许土地会像长出苞谷和麦子一样，长出自己的言说者。我只是写出了我在广袤大地中一个小村庄里的梦。但是乡村真的是那样吗？我完成的是一个文学的村庄，它跟那块土地血肉相连，但它是一个梦。《一个人的村庄》是我一个人的百年孤独，也是大地上的睡着和醒来。它是一个人的孤独梦想，也是四季中的花开花落。那个想事情的人，把一个村庄从泥土里拎起来，悬挂在云上。

这是家乡在我的文字中的一次复活。她把我降生到世上，我把她书写成文字，传播四方。我用一本书创造了一个家乡。

我的诗和散文是一体的

　　我的诗和散文是一体的，不过是情感的两种表达方式。我写了十多年诗，大部分诗歌是写一个村庄。我用诗歌勾画了一个村庄的大致轮廓，那些诗中弥漫着恍惚与游移不定：影影绰绰的房子，面孔模糊的人，总是在不停奔波、丢失、错住在别人的村庄或把种子错撒在别人地里。我曾写过一首两万行的长诗，写到一半我辞掉工作，到乌鲁木齐打工了。后来这首诗，一段一段被我写进散文中。开始散文写作时，我诗歌里的村庄已逐渐清晰。似乎我从远处一步一步地走到它跟前。我走了十多年，才到它跟前。

　　其实，我的散文也写了十年，才有了《一个人的村庄》这本书。

　　我曾经是一个怀揣梦想的乡村诗人，离土地很近，我用诗歌想象那个村庄时，它既是家乡，又远在梦乡。我的散文承接了诗歌如梦的气息。写《一个人的村庄》时，我的语言和思想都已经成熟。不是简单地用散文去写一个村庄，而是把村庄写成一个世界，一个我自己的文学世界。有这样的构想，怎么写便随心所欲了。

当然，这个村庄的最终完成需要一两部小说。它的细部要留给小说去完成。比如《虚土》，它和我的散文诗歌是一体的。

《虚土》一开始当小说写，后来写着写着，不像小说，像散文，也不像散文，它是诗。我写《虚土》的过程，充分享受到了一个诗人的写作激情。我又回到了我的诗歌时代，那种对天地间万事万物的感知，那种一个人蹲在某个角落里对时间、时空和人世间的想象，我觉得这种状态，就是一个诗人的状态，而不是一个小说家或者散文家的状态。所以《虚土》对于我个人来说，是我的一部长诗，是对我个人的生命有纪念意义的一部长诗。

我对文体本身没有太清晰的分别。这么多年来，我只是在用文学完成一个村庄。什么时候用土块什么时候用木头，都要根据建筑自身的需要。我只是个脚踏实地的干活的。我知道一旦起了头，就得没完没了地干下去。盖一间房子怎么能算是一个村庄呢，一头牛、一条狗显然不够，得有一大片房子，许多模样相似的人、牲畜。一年与一年差不多的丰歉盈缺、痛苦欢乐。有时重复是必要的，在不断的重复中达到高潮，达到完美的极致。

写作本身是一个不断寻找的过程，有的作家一生盯住一个地方寻找，有的作家不停地换着地方满世界寻找，但最终要找的是一个东西。可惜许多作家不知道这一点，他们总认为自己有无数的东西要寻找。

我盯住一个村庄寻找了许多年，我还没真正找到，所以还会一遍遍地在这个村子里找下去。我相信在一个村庄、一件事物上我能够感知生命和世界的全部意义。

以前我以为自己在寻找黄金，现在我懂得自己一遍遍寻找的，其实是早年掉在地上的一根针。黄金不会掉到地上，黄金是闪光的，太容易被找到。而一根针掉到地上，随便一点尘土就把它埋没。

一个作家会在写作过程中慢慢懂得一些东西，这是作家自己的成长，别人不易看见。我懂得自己在寻找一根针时已经耗费十多年时间。在这之前，多少代作家在村庄里踏破铁鞋，这地方早被人找过了，啥都没有了，可我还是找到了一根针。一根针这样微小、一松手便丢失、不易觉察的平常事物，才真正需要我们去寻找。

我的文字和我所写的事物一样是平常的，你不平常怎么可以接近平常呢？

我从一把铁锨开始认识世界，我让一把铁锨看见它多少年来从没看见的活。这把铁锨因此不一样了。但在我眼中它依旧是平常的。

就思考的深刻而言，我的散文并没超过诗歌。个别散文直接是诗歌的改写，或是一些未完成诗歌的另一种完成形式，诗歌这种古老的语言形式或许已经很难被人听懂，或许诗已经成为诗人自己的一种方言。这种时候用诗歌表达思想就显得相当费劲。你说了一大堆，别人听不明白，不接受。用散文这种形式，一下子就接受了。

但诗歌依旧是最高的文学，经过诗歌训练的作家与别的作家截然不同——他有一种对语言的高贵尺度。我努力让自己像写诗一样写每篇散文，觉得自己还是个诗人。

一只像作家的狗

　　作家有两种状态，第一个状态是人的状态，第二个状态是作家的状态。当作家是人的状态时，或是农民、工人，是官员、知识分子，是男人、女人、丈夫或妻子。但是进入作家状态的时候，他是一种完整的、独立的个体。是人状态时，作家是这个社会的一员。是作家状态的时候，他将自己放在社会的对面，社会是社会，我是我。这是一个作家状态。

　　作家是有灵感的人。灵感来时是作家状态，没灵感时就是一个平常人。

　　作家的状态让我想到乡下的狗。或者说乡下的狗具备一个作家的状态。

　　有过乡村经验的人都知道，乡下的狗是没有狗食的，狗要自己找食吃，喂猪的时候，狗抢着吃一口，喂鸡的时候，狗抢着吃半嘴。更多的时候，狗溜墙根寻食，以我们认为的最肮脏之物果腹，这就是白天的狗。

　　但是，到了夜晚，月亮升起来，人们睡着的时候，乡下的狗蹲在草垛上，蹲在房顶上，用舌头舔净自己的爪子，梳理好自己的皮毛，然后，腰伸直，脖子朝上，头对着月亮，汪汪地叫，这时候的狗截然不同于白天的狗。

人们只看到白天在墙根找屎吃的狗，为一根骨头低眉顺眼摇尾乞食的狗，很少看到在夜深人静时对着天空，对着月亮，汪汪吠叫的狗。这时候的狗像是突然从人世中脱离出来，它不再为一口狗食而叫，不为它的主人而叫，不为院子里一点动静而叫，它的眼睛望着茫茫星空，嘴对着高远皎洁的月亮，这时候的狗高贵而自尊，它的吠叫中没有任何恩怨，那声音像吟诵像祈祷。

我在乡下那些年，曾多少次在这样的狗吠声里醒来，也曾静悄悄站在对月吠叫的家狗后面，仰头望它所望的星空。在那里，它的眼睛专情地看着月亮，嘴对着月亮，汪汪的声音传向月亮，仿佛月亮上也有声音传来，灵敏的狗耳朵一定能听见。但我不能。我这只人的耳朵，只能听见狗对月亮的吠叫，却听不到月亮对狗的呼喊。我相信狗是从月亮上来的。在白天，我们在土里忙碌，它在地上寻食。天一黑，我们在低矮的床铺上睡着、做梦，它爬上高高的草垛望月亮。

那一刻，如果我咳嗽一声，狗会马上停住吠叫跑过来，对我摇尾示好。但我确实不想用一声主人的咳嗽，把它唤回到人间。

我喜欢这种状态里的狗。尽管我更需要一只看门狗、见了主人摇尾巴的狗、睁大眼睛竖起耳朵守夜的狗。

但我仍然需要一只放下人世的一切对月长吠的狗。我在狗那里看见了我自己。

那是一只像作家的狗。或者说，作家本应该发出这样的声音，在长夜里，独自醒来，对月长吠。

文学是做给真实世界的梦

作家是做什么的，其实什么都不做，这是一种想事情的职业，大家在忙忙碌碌做事情的时候，作家在想事情，想完就完了，也并不去做。

作家唯一做的一件事，可能就是做梦。

如果把人的一生分为不同的两种状态：睡和醒，通常人或许只注重醒来的时间，认为它是真实的可把握的，而睡着做梦的那段时间往往被忽视，以为梦是假的，睡是无知的。

但是作家不一样。作家相信梦，在睡梦中学习。一个优秀的作家肯定在他生命早期，什么都不知道的时候，糊里糊涂地接受了梦的教育。在那个我们还不会说话、不会做事的幼年，我们学会的第一件事是做梦。

一场一场的梦，是开设在人生初年的黑暗课堂，每个人都在这个夜校中不自觉地学习。只是，大部分人不把这种学习记在心上。只有作家把梦当真，视睡着为另一种醒来，在无知的睡眠中知觉生命，在一个又一个长梦中学会文学表达。

许多天才作家很小就能写出惊人的诗歌和小说，很可能是他们早早在梦中学会了文学写作。

文学，本来就是人类最早的语言，是我们的先人在混沌初开的半醒半睡中，创造的语言方式，并以此与天地神灵交流。最好的文学艺术都具有梦幻意味。那些感动过我们的优秀文学作品，仿佛都是一场梦。

一场一场的梦，连接着从童年到老年的全部生命。

作家所做的，只是不断把现实转换成梦，又把梦带回到现实。在睡与醒之间，创造另一种属于文学的真。

可能所有的现实故事，都会成为文学的题材，但所有的题材都不见得会成为文学。文学必定是我们在现实生活中的朝上仰望，是我们清醒生活中的梦幻表达。文学不是现实，是我们想象中应该有的生活，是梦见的生活，是沉淀或遗忘于心，被我们想出来，捡拾回来，重新塑造的生活。

文学是我们做给这个真实世界的梦。如果我的每一部作品都变成了一个梦，存在于文字中，我觉得它是成功的。

文学是教人飞翔的艺术

当我在写《一个人的村庄》、写《虚土》、写刚出版的这部灵光闪烁的《捎话》时，我知道自己在飞，在我的文字里飞。

这些文字负载土地上的惊恐、苦难、悲欣、沉重，拖尘带土，朝天飞翔。

文学是教人飞翔的艺术。

有些作家把文学当成了讲故事，一个故事接着一个故事去讲。有些作家把文学当成了说道理。还有一些作家，像农民刨土一样，去刨土地上的那些故事。这些笨重的作家，文学需要这样去做吗？

文学要引领我们从沉重的生活中抬起头来，朝上仰望。许多作家没有这种意识，他们在讲述一个大地上的故事时，心和目光都是向着大地的，没有一种朝天上仰望的自觉。所以他们的故事从土地中刨出来，最后再还到土地中。

文学是引领我们朝天空飞翔的。在大地上获得翅膀，朝天上飞翔。

那个在少年的噩梦中一次次让我飞起来的能力，成就了我的文学，我从那里获取了飞起来的翅膀和力量。

我喜欢那种飞翔的文字，喜欢精灵古怪的、长翅膀的文字。那些有灵性的文字，三言两语中就可以感觉到语言抬起头来，朝上引领，朝一个不知道的存在去引领，它是有灵的，飞起来了。它用现实中的一点点材料，或者用生活中一个小故事做助跑，从厚实的土地上，带着人世间的悲欢离合，带着人的梦想、失望与希望、痛苦与快乐，带着人世间所有所有的一切，朝天空飞翔。

一些作家是耗费了大地上那么多的材料，最终却没有飞起来，让一个沉重的故事重重地砸在大地上。当然，这也是文学，爬行的文学。

我梦想的文学，它应该承载大地上的一切，但是朝着一个最高存在去飞升。作家应该有这样一种朝上飞升的能力。

也许每一种生活，都有一种文学的拯救方式，就像那些被魇住的梦，得到了解脱。文学解决不了现实生活的问题。文学只解决文学问题。文学不是文案，需要我们照着去实现。文学只是我们对现实生活的想法，而不是做法和办法。但是，正因为文学是一个想法，这些想法本身，却为生活打开了无数的窗口，这个虚构世界的阳光，有时竟可以，把现实世界的黑夜照亮。

向生存本身学习

我在天山北部古尔班通古特沙漠边缘的一个小村庄里出生长大，种过地，初中毕业考上农机校，后来在乡农机站当农机管理员，一当就是十几年。这份差事，相当于大半个农民。虽然不用下地干活，但一年到头大部分时间也还是在田地里转。所以说我是个农民肯定是没错的。

其实经历本身并不重要，我们那一村庄人，和我经历了大致一样的生活。他们都没去写作。到现在种地的还在种地，放羊的还在放羊。只有我中断了这种生活，我跑到了别处，远远地回望这个村子，我更加清楚地看见了它们：尘土飞扬中走来走去最后原回到自己家里的人、牲畜。青了黄，黄了又青的田野、树。被一件事情从头到尾消磨掉的人的一生，许多事物的一生。在它们中间一身尘土，漫不经心又似一心一意干着一件事情的我自己……这些永远的生活在我的文字中延续下去，那些没干完的活我在心灵中一件一件完成着它们。

生活本身启发了我，使我有了这些文字。

我生活，说出我生活的全部感觉。这就是我的文学。

我不太在乎别人说了什么。对我而言，真实生活是从我开始的。我自己的感受才最有意义。作家都是通过自己接近人类。每个作家都希望自己最终发出人类的声音，但在这之前他首先要发出属于自己单独的声音。

　　有人问我对自己没上过大学，没受过高等教育是否遗憾。我认为对一个写作者来说，最高等的教育是生存本身对他的教育。你在大学念书那几年，我在乡下放牛，我一样在学习。只不过你们跟着教授导师学，我跟着一群牲口学。你们所有的人学一种课本，我一个人学一种课本。你们毕业了，我也学会了一些东西，只是没人给我发毕业证。

　　现在，除了书本，我们已越来越不懂得向生存本身，向自然万物学习了。接近自然变成了一件困难的事。人类的书籍已经泛滥到比自然界的树叶还要多了。真实的生存大地被知识层层掩盖，一代人从另一代人的书本文化上认识和感知生存。活生生的真实生活淹没了，思想变成一场又一场形成于高空而没落到地上的大风，只掀动云层，却吹不走大地上一粒尘埃。能够翻透书本最终站在自己的土地上说话的人越来越少。更多的人生活在一本或一大摞书本之上，就像养在瓷瓶中的花木，永远都不知道根在广阔深厚的土地中自由伸展的那种舒坦劲。我并不是说作家可以不去看书，这个时代除了书你还能去看什么呢（电视、电脑也是另一种书），书已经过剩得使读书早不是什么问题了，但却使书本身成了我们面对的一个大问题。

　　至于造就一个优秀作家的基本条件，我想这跟长成一棵树差不多，有深厚的土壤，有水、阳光，有足够长的时间，而且不被人砍伐，就可以了。

可是，我们看到许多作家几乎所有条件都具备了，有丰富的阅历，深厚的学养，知识、勤奋、文字表达都到家了，却最终没写出半部像样的东西。

可能所有这些条件并不能使人更深切地接近生存，反而阻碍了他。

作家要突破知识障碍

知识在障碍我们进一步地了解事物。

在古代，科学知识还没有发展起来的时候，人们已经建立了一整套认识世界的方式，这种方式的核心就是直觉和心灵感应。后来有了科学知识，我们可以用科学的手段了解事物，比如我们对大自然中最常见的风、雨、雷、电等等都有了这样一种科学的分析和解释。比如一棵草，我们通过书本上的知识可以知道，这棵草是属于什么科，它是一年生还是两年生，它的种子是怎么传播的，它的花期、生长期，等等。我们通过这些知识就可以认识一棵草。但是，恰好是这部分知识，使我们见到真草的时候不认识它。我们认识的只是一个知识层面的草，但草是有生命的。当你放下知识，放下通过知识描述的这棵草，用你的眼睛去看这棵草，用你的耳朵去听这棵草的时候，你感受到的是一个完全超越知识层面的生命。如果我们仅限于知识告诉我们的这棵草，那我们跟一棵草其实就已经错过了。

作家在体验任何事物的时候，都应该把原先的知识和经验放下，去重新感受它、体验它，让它全新地出现在你的文字中。

我会在经验中看到未经验的东西。写《一个人的村庄》时，我可以对花说话，跟草言语，刮过耳旁的风都明白意思。我对事物的注视总是处在一种欢喜状态。这种欢喜就像初见。一棵草，我认识它、知道它的名字，从小它就在我的家园旁边生长，但是这个秋天我再次遇到它的时候，我仍然欢喜地看着它，仿佛初次见面，其实已认识多年，草和人都到了秋天，籽粒满满的，枝干壮壮的，草看我亦如是，能不欢喜吗？

　　我曾说过一句大话：即使我离开人间一百年再回来，我依然能懂得大地上的事情。我能看懂春种秋收，悲欢离合，喜怒哀乐，人的痛苦和快乐，看懂我们生活中的每一个细节。我听得懂风声、鸟叫。知道风从哪刮起，在哪停住。我知道村子里一年刮几场西风，东风下雨还是西风下雨。老人都知道，但很多作家不知道。好多人一打开电视就看国际新闻，不看国内新闻，不看他身边的新闻。看那些远在天边和自己一点关系也没有的事，家乡那么多事他不了解。懂得家乡是最重要的。好多作家恰好忽略了这一点，他们把家乡架空了，去体验别处的生活，别处的情感，按照别处的思维遥远地想象人们的生活。

每个人都有自己的一个人村庄

　　每个作家都在找寻一种方式进入世界。我们对世界人生的认识和理解首先是从这个世界的某个角落某件东西开始的。村庄是我进入世界的第一站。我在这个村庄生活了二十多年。我用这样漫长的时间，让一个许多人和牲畜居住的村庄，慢慢地进入我的内心，成为我一个人的村庄。

　　每个人都有自己的一个人村庄。

　　我们用一生的时间在心中构筑自己的村庄，用我们一生中最早看见的天空、星辰，最先领受的阳光、雨露和风，最初认识的那些人、花朵和事物。当这个村庄完成时，一个人的内心世界便形成了。这个村庄不存在偏僻与远近。对我而言，它是精神与心灵的。我们的肉体可以跟随时间身不由己地进入现代，而精神和心灵却有它自己的栖居年代。我们无法迁移它。在我们漫长一生不经意的某一时期，心灵停留住不走了，定居了，往前走的只是躯体。

　　那个让人心灵定居的地方成了自己的一个村庄。

　　心灵总是落后与古老的。

我们相信、珍爱心灵，正是由于它落后而古老。

现代生活只是一段躯体生活，它成为"过去"时，心灵才可能缓缓到达这里。

至于现实中的那个叫黄沙梁的村庄，它曾经是我的全部。当我出生时，世界把一个村庄摆在我面前，这跟另一个人出生时，眼前是一座城市，一片山林，抑或是另一个国度一样，没什么区别。重要的是一个人的生命和他对生存世界的体验由此开始了。生活本身的偏僻远近，单调丰富，落后繁荣，并不能直接决定一个人内心的富饶与贫瘠、深刻与浅薄、博大与小气。

我相信在任何一件事物上都有可能找到整个世界，就像在一滴水中看见大海。

展现博大与深远的可能是一颗朴素细微的心灵。那些存在于角落不被人留意的琐屑事物，或许藏着生存的全部意义。

对一个作家来说，没有偏远落后的地方，只有偏远落后的思想。生活在什么地方都是中心。你能说出长安街旁一棵被烟尘污染得发黑的松树离首都生活到底有多远吗？而长在深远山沟里一棵活生生的不为人知的青草不正生活在整个生存世界的中心吗？当人们在谈论《一个人的村庄》时，这个村庄便已经成了中心。

一个人在回忆中，重塑时光

我是一个会"晕年"的人，常常在周而复始的季节轮回中被转晕。我记忆中的年代也是一大片，重叠在一起的很多年。至于一九六二、一九九九等，对我只是些模糊数字，我没有意交代它。尽管在这两个数字之间，中国发生了一系列各种各样的大事。在中国，每发生一件事都是全国性的，再僻远的村庄都无法躲过，我生活的那个沙漠边缘的村子一样受到触及，我的家庭一样未能幸免。

但这似乎都是短暂的，我开始写作时，吸引我的是另一些更重大永恒的事物：每个春天都泛绿的田野，届时到来还像去年前年那样欢鸣的小虫子、风、花朵、果实、大片大片的阳光……每年我们都在村里等到它们。父亲死去那年春天我们一样等来了草绿和虫鸣，母亲带着她未成年的五个孩子苦度贫寒的那些年，我们更多地接受了自然的温馨和给予。在严寒里柴火烧光的一户人家是怎样贪恋着照进窗口的一缕冬日阳光，又是怎样等一个救星一样等待春天来临。

每个时代都会发生许多自以为重大的事情，这些大事可能跟具体的某个人毫无关系。一个人可以在他平凡的生存中找到属于自己的更重大的事情。

一种生活过去后，记忆选择了这些而没选择那些，这可能是一个人与另一个人的根本区别。

写《一个人的村庄》时，我仿佛重回世间，我幽灵般潜回到那个村庄的白天和夜晚，回到它一场一场的大风中，回到它的鸡鸣狗吠和人声中，我看见那时候的我，他也瞪大眼睛，看见长大长老的自己——我的五岁、八岁、十二岁、二十岁和五十岁，在那场写作里相遇。

当我以文学的方式回去时，这个村庄的一切都由我安排了，连太阳什么时候出来，什么时候落山，都是我说了算。这就是文学创作，一个人在回忆中，获得了重塑时光的机会。

《虚土》也一样。《虚土》是《一个人的村庄》中那个孩子视角的延续，全是以小孩的眼睛看见的这个世界，我在不知不觉地把自己的童年生活写了出来，而且有选择地写出来了。我的童年其实很不幸，父亲在我八岁时不在了，母亲带着几个孩子艰难度日。但是，当我写完《一个人的村庄》和《虚土》，我发现我连一个苦难字眼都没提及，父亲不在这件事只写了一小段。我全部写的那个村庄的草、牲畜、天空、云朵、风、树叶，它的白天和黑夜、风、旷野。我精灵一样活在它们中间。

这场写作其实把我自己拯救了，我成功地通过写作修改了自己的童年，把一个快乐的童年还给自己。

人确实无法选择生活，却可以选择记忆。是我们选择的记忆决定了全部的生命与写作。

语言是文学的呼吸

语言就是风格。形成自己的语言风格，便找到了对世界说话的方式。语言是文学的呼吸。

我的语言感觉非常好，敏感，就像一个天才的音乐人对音符的感觉一样，有一点点不好都听不下去。我的阅读和写作也是这样。我读过一些作家的东西，别人说这个小说很好，但我接受不了他的语言。那种语言，砖头一样硬邦邦地在堆砌故事，生造事物，我受不了。写作也是这样，我觉得某个字不合适，我都没法写下去。

我对词语的这种要求，对语言的这种苛刻，和我十多年的诗歌写作经历有关，还有在西北地区受当地口语的影响——西北人说话都是短句，语言中缺少成分，说半句话——你在民间话语中很少听到一句完整的话，好多人只说半句话。说半句话就懂了，为什么要说一个完整的句子？写作也是这样。半句话说完的，就没必要说一句。最好的句子是半句。半句说完一个事。

我觉得，写作是一种修辞，但是写作者更多的是要把修辞忘记。用这样的思维去呈现出来的一个自然世界，它更有隐喻性,更有象征性,更有寓言性。因为任何一个事物出现在文学中,它都会有无限的外延意义。

当我书写一件事物的时候,我希望我的每一个句子,都有无限的外延性。它同时是向上、向下、向四面八方的。我不喜欢指向明确的句子。每一个句子都有无数个远方,读者阅读的时候会迷茫和欢喜:它像花开一样,芬芳四溢。有一缕花香到了天上,有一缕到了地下,其他的朝四面八方扩散。我希望我的每一个句子都是一朵花的花开。

我写过十年的诗歌。诗歌追求语言的弹性,追求词语的外延意义。这种文字在《虚土》中达到了一种极致。《虚土》写作是我个人语言的一次盛开。

《虚土》是一部我需要向它学习的书。我写了近乎梦和现实之间的一种模糊状态,需要创生出一种语言来。《虚土》的语言穿梭在梦和醒之间,自由自在,没有一点转换的痕迹,我对这种语言非常满意。

农耕时间与乡村哲学

我是在农耕时间中长大的。所谓农耕时间，是一种没有被分割成分分秒秒的混沌时间。它是大块的。人在这样的时间中不着急。春种秋收，土地翻来覆去，大地青了又黄，日头落下升起，日复一日，年复一年。复是往复，亦是重复。人懂得了这个复，便会在时令前处变不惊。时光一再地以同一个面孔来，同一张面孔去，漫长又短促，沉淀到人心里，形成一种过日子和处事的态度与方式。这是天长地久的农耕时间对我的启示和教育。

在我的文字中，时间还有另一副面目，它像荒野一样敞开，过去、现在与未来，摊开在同一片时间之野，无前无后，我的文字任由抵达，也由此构造出一个生死同在、万物有灵的世界。时间一遍遍覆盖，又一遍遍吹开。如霜雪飘落，如花草盛开。如始如初。因此也消弭了生死界限，生命以恒常的状态存在于时间旷野。作家对生命的塑造即是对时间的创造。我在《一个人的村庄》中，创造了一种慢悠悠的甚至停住不动的"黄沙梁时间"，那些村庄事物，在我创造的时间里有了另一种生活和命运。

农耕时间的缓慢，是因为作物生长慢，人得耐心等种子发芽、叶子长出，等花开花落、果实成熟，这个过程快不了。我理解的乡村文化，就是在这样一种等待作物成长的缓慢时间里，熬出的一种味道，一种情怀，一种生活方式。

慢生活里总是充满了等待。

许多东西需要我们慢下来、停下来等。快生活则是你追我赶，像狗追兔子，狗和兔子都不能慢。但是，我们人类已经远远跑到了前面，需要慢下来等等了。

所以，如果说我的作品呈现了一种"乡村哲学"，这种哲学首先是一种"慢哲学"。天地之间，季节是一条走不错的路。按春夏秋冬过日子，于日出日落间作息，在这种悠长的慢生活中活出来的慢哲学。现在城市人把"慢"当成时尚，其实我们的老祖先早就过着这样的"慢生活"，因为农业社会没办法快。陪伴我们的所有东西都是慢的，首先要在长夜中等待日出，然后日出而作，又在劳累中等待日落而息。在这期间，作物的生长是慢的，要等待种子发芽、开花、结果，哪一步都快不了。在慢事物中慢慢煎熬，慢慢等待，"熬"出来一种情怀、一种味道、一种道德观念，这就是乡村文化、乡村哲学。

我们的农业文明，就是在等待麦子和稻谷黄熟的过程中，成熟起来的一种文明，它不同于其他文明。在这个过程中，我们把许多事情想清楚了，把许多秩序建立了起来。

我所写是一种坐下来想事情的哲学。坐在土墙根，面朝着太阳，背靠晒热了的土墙，身前身后都是暖的，这时候一个人想的事情，或是人在天地间悠然自在的事情，有贫穷，有病痛，有苦难，但是太阳一晒，全都蒸发干了，剩下的是人在天地间的一种认命，一种"认命哲学"。我们祖先早已经认了这种命。认了命，才能在这种大的命运中自在的生活。假如不认命，那你就活得不舒服，要去抗争，去改变。历史上求变的事件多了，一场一场的农民运动都在求改变，但是最后都又回来了，那些造反的天下英雄，最后都又回到土墙根晒太阳了。乡村文化有一种让人走出多远都能回来的能力。

所谓农民意识

　　农民意识的字面理解无非是落后的、愚昧的、封闭的等等与现代社会发展格格不入的东西。但农民意识中无疑也沉淀与保存着我们民族最深厚的、不易被改变和丧失的那些贵重品质。有些人其实并不懂农民，只是简单地在使用农民意识这个词，就像许多作家只知道用田野、村庄、麦子这些从词典上拣来的空荡荡的词语描述乡村一样。真正进入这些词是多么不容易啊。一旦你真正进入了，你就不会简单地说出它了。

　　农村是我们每个中国人的老家。

　　有时候我们希望自己老家的那条路、那间破土房子永远都不要变，永远地为你留着。它对你多有价值啊。

　　而在广大农民的意识中，就有这样一些古老的东西为我们民族永远地保留着，永远都不会变不会丢失。

　　能找到这些东西，就是大作家了。一个有价值的作家关注的，恰恰是生活中那些一成不变的东西，它们构成了永恒。

　　与乡村相比，城市生活不易被心灵收藏。

　　城市永远产生新东西，不断出现，不断消失。一些东西还没来得及留意它便永远消失。

所有的城市都太年轻，在中国，大部分城市都是在一片苞谷地或水稻田上建起来的。掀开那些水泥块，一铁锨挖下去，就会挖出不远年代里最后一茬作物的禾秆与根须，而不是另一块更古老的水泥或砖块。

一座城市必须像庄稼的根与禾秆一样，长大、收割、埋入地下，再长大、收割、埋葬，轮番数次才可能沉积下一些叫做城市的东西。否则，楼盖得再高再多仍旧是一个村庄，穿着再花哨新潮还是一街拿工资的农民。

当然，城市生活为人的身体提供了诸多方便，乘车、取暖、煤气、餐饮、娱乐等，但人的心灵却总是怀想那些渐渐远去的、已经消失的事物。

乡村生活显然是闭塞的，它让人无法接触到更多的新鲜事物，却因此可以让人专注而久长地认识一种事物。

在乡村，你可以看着一棵树从小长到大。它不会跑掉。你五六岁时这棵树只有胳膊粗，长着不多的一些枝叶。你三十岁时这棵树已经有水桶粗，可以当檩子了。你看着它被砍倒，变成一根木头。这根木头又在不断地使用中压弯、裂缝，最后腐朽掉。经历这样一个完整的过程，你便成熟了。就像经历了自己的一生，一切事物的一生。

当这些事物消失时，它已经进入到你的心灵，成为你一个人的。

世间万物有灵

《一个人的村庄》是我的元气之作。之后我写了《虚土》。《虚土》是我个人最喜欢的一本书，我写了一个如梦的世界。《在新疆》不一样，是我这么多年来对南疆和北疆行走生活的一次回望，我只是写我的家乡新疆，写我在新疆的生活和感受。不是猎奇和传奇，家乡风物早已被我们视若平常。

我从来不写新疆的传奇，从来不猎奇式地写新疆题材。新疆是我的家乡，家乡无传奇，看啥都是视若平常。我喜欢写已经被我视若平常的事物。因为只有这样的事物，才是我千百遍熟悉过的，我才能够把握和呈现它。当我书写时，那些被我看旧的事物又是多么的新鲜如初。

事物本身不平常，那些看似平常的事物，其实是我们误解了他们。

人一直在误解平常之物，用平常来描述他们。

你见识太多了，过眼的事和物太多，没有时间停下来，去关注某一事某一物，一切对你来说，都是过客。不像我，我曾经生活在这么一个地方，地久天长地去看一些事情，想一件事情，慢慢把看一件看似简单的事情的丰富性找到了，也就看到了它的不平常、不简单。

其实，任何事物，包括一个土块，一个石头，你只要安静下来，有跟它沟通的愿望的时候，它就能沟通。

当我告诉你我能看懂一棵树的时候，你可能不相信。我看到路边的一棵树，跟它对视的时候，我就觉得我能看懂它，我能知道它为什么长成这样，我能知道树的某一根枝条为什么在这里发生了弯曲，它的树干为什么朝这边斜了。我完全知道一棵树在什么样的生活中活成了这样。而且，我也能看到树在看我。这是一种交流。有时候看到树的某个地方突然弯了一下，你会感动，就像看到一个人受了挫折一样。这种感动就是一种交流。

我小时候胆小，就觉得那个村庄也胆小。那一村庄人住在沙漠边，独自承受天高地远，独自埋入黑夜又自己醒来。那种孤独和恐惧感，那种与草木、牲畜、尘土、白天黑夜、生老病死经年的厮守，使我相信并感知到了身边万物的灵和情绪。我从自己孤独的目光中，看见它们看我的目光。就像我和屋前的一棵榆树一起长到三十岁，它长高长粗，我长大。这么长久的相伴，你真会把那棵树当木头吗？我不会。我能看懂一棵树的生长和命运。我能看见一群蚂蚁忙忙碌碌的穷苦日子。这不是文学的拟人和比喻。在我写村庄的所有文字中，有一棵树的感受，有一棵草的疼痛死亡，有一只老狗晚年恋世的目光，它们，使我对这个世界有了更为复杂难言的情感和认识。

我崇尚萨满教的万物有灵。萨满认为，每一个事物，不管是有生命的还是无生命的事物，都是有灵的。我觉得这应该是一个作家的宗教。在作家眼里，所有事物都应该是有灵的。我们不跟它交流或者说我们不能跟它交流，是因为我们光有"心"没有"灵"。

作家是"心有灵犀一点通"。跟谁通？跟其他事物的"灵"相遇、交流、对话，感知彼此的存在。最好的文字都是灵性的，在事物中自由穿行，文字到达一根木头时，木头有灵；到达一片树叶时，树叶有灵。文字所到之处，世界灵光闪闪。

一花一世界，一粒尘土也是一个世界，关键是我们用什么态度去对待这些世间的事物。我是一个作家，在我的眼中，世间万物有灵，这应该是作家的基本信仰。

把童心找回来

　　人是要把一个肉心，修炼成有灵性的心，叫做心灵。心若无灵，只是肉心。人若想感受到天地万物之灵，首先自己得有灵，自己的心是灵的，一颗不灵的心是没法感受到其他事物的美与灵的。

　　人小时候，心都是灵的。很小的时候，你看见什么都大惊小怪，你对一朵花、对草充满好奇，可以跟一棵草玩耍一整天，你可以盯着一个小虫虫盯半天，为什么？因为有童心在。童心就是比我们这些成年人的心更丰富灵动的心，叫做童心。

　　我们不能认为童心是一颗简单之心。完全不是。小孩通过他那颗稚嫩之心，通过他那双童年之眼，看到了比我们成年人更多的东西，所以他能盯着一只小虫看半天，是因为他看到了我们看不到的东西。平常人认为一只小虫一眼就能看透，可小孩能盯着看半天，他这样看看，那样看看，他看到了什么，我们不知道。但是我们早年都是这样看过来的，都是这样充满好奇地用这双童年之眼看这个世界中的许多东西。后来，我们忘记了。所以，所谓的修炼，或者是领受，就是把早年的那种眼光找回来，把那颗童心找回来，重新去看这个世界。不是通过修炼，谁能给你一颗慧心。这颗慧心，人早已有之，只不过后来失去了。

我们一般的教育，从小学到中学到大学，价值教育太多了，把这些强加给孩子，从小就告诉孩子什么是对的，什么是错的，什么是高尚的，什么是卑贱的，什么是有价值的，什么是没有价值的，什么是伟大，什么是渺小，告诉孩子的都是这些内容。结果把童心丢失了。

其实，儿童眼中的世界全是美的、好的。很多人看似在用儿童眼光来看世界，装出一颗无辜的童心，儿童真是那样吗？儿童的视角肯定要比大人的更丰富。现在很多儿童文学把世界简单化、好奇化、幼稚化，我要是孩子，肯定都不会高兴。孩子们看了也不会高兴，他们会笑话大人的智慧。孩童看到的必定是比我们看到更丰富的世界、更饱满的世界，而不是更简单的世界。我们现在是大人假装孩子的眼光去写童话，然后再强加给孩子，孩子也不好说什么。

孩子比我们更丰富，因为他们没有好坏判断，没有我们所说的价值判断，所以他能够看到一个完整的世界，他不会把你认为不想看到的东西撇到一边去，他能欣赏你所谓的美，也能欣赏你所谓的丑。

孩子也没有脏的概念，他们玩泥巴、土，捉虫子，在孩子眼里这些东西干干净净。

作家就是找回童心的人。作家长着一个老年人的身体，但怀揣一个孩童的心，有一双孩童的眼睛。有时候，他的身体越老，内心的孩童就越小，乡下人也这样说，人一老，就变了小孩了。

在我的作品中，我呈现的价值体系是平等的，没有大小、没有尊卑、没有好坏、没有美丑，这样的概念都不存在。古人讲"厚德载物"，大地如此宽厚，承载万物，它承载草木葱郁的南方，也承载荒天野地的北方；承载风沙，也承载河流；承载好人，也承载坏人；承载猛兽，也承载温顺牛羊；承载着美，也承载着丑，这就是厚德载物。

上天造这个世界的本意便是没有尊卑，没有大小高低，没有好坏分别的。我们不能简单地把世间的东西分成好与坏，然后区别对待。

认领菜籽沟

　　我们所在的这个山沟，是新疆木垒县英格堡乡的一个村。以前村里人种油菜籽，每年油菜花开时，整个山沟一片金黄，村里的老油坊日夜不停地榨着菜籽油，村庄因此得名"菜籽沟"。现在村里人不种菜籽了，油菜籽卖不上价钱。可是，不管村民种什么，地里都会密密麻麻长一层油菜籽。我想，这就是土地的厚道，只要你播一次种子，它就会生生不息长下去。

　　我们也想在这个村庄播一次种子。

　　2013年冬天，我们偶然进入菜籽沟村时，一下就被它吸引了。村里全是老房子，汉式拔廊建筑，木梁柱，木门窗，土坯或干打垒的墙，长着老果树的宅院这三家那两户地散落在沟里，整个村庄像一桩突然浮现在眼前的陈年往事。我们沿路一户一户地看，每个院子都像旧时光里的家，有一种久违的亲切和熟悉。

　　正遇上一户人家拆房子，院墙已经推倒，一辆大卡车靠墙停在院子里，几个人站在房上掀盖顶，瓦檐、油毛毡、泥皮、麦草和苇子，一层层掀下来，房顶渐渐露天，圆木结构的担子、梁、椽子整齐地暴露出来，还有砌入土墙的木框架。我们边拍照边看着这些木头一根根拆下来装上汽车，运走。一个百年老宅院只剩下几堵破土墙和一地的烂泥皮土块。

打问才知道，这户人家搬进了城，老房子六千元钱卖给了木头贩子。陪同的村干部说，村里好多老房子卖给木头贩子拆掉了。这个村子原有四百多户人家，现在剩下二百户，一半人家搬走了，留下的也都是老人，眼看种不动地。

我们沿路看见许多没有人烟的老宅院，或许迟早也会拆了卖木头。

菜籽沟和它旁边的四道沟，是早期人类的温暖家园。它处在东天山特殊气候带，冬天暖和，春夏雨水充足，肥沃的坡地随处能长成粮食。早在六千年前，古人就在这里生活，留下诸多珍贵遗址。现在的居民多是清代或民国时到达这里的汉民。村里少有平地。他们垦种山坡旱田，因为坡陡，农机上不去，原始的马拉犁、手撒种、镰刀收割、木轱辘车、手工打麦场等传统农耕方式在菜籽沟依旧完整保留。可是能干这些农活的人都老了。年轻人外出打工。这个古老村庄和半村饱经风霜的老农，也都快走到尽头。

回到县城，我连夜给木垒县起草了一个方案，提议由亮程文化工作室入村，抢救性地收购保护一批村民要卖的老民宅，然后动员艺术家来认领这些老院子做工作室，把这个行将荒弃的古村落改造成一个艺术家村落。方案当即得到县领导的肯定和支持。就这样，我们在乡政府和村委会的积极配合下，用一个冬天时间，收购了几十个老院子。本来一个院子卖几千元钱，我们一收购，都涨价了，涨到几万元。有的人家干脆不卖了，等更高的价格。

我们收购的最大一个院子就是村里的老学校，占地四十亩，四栋砖木结构教室，废弃后当了十多年羊圈。我们从教室的厚厚羊粪中清理出讲台、水泥地面。修整好塌了的房顶，换掉破损的门窗，在杂草中找到以前的石板小路，一个破败多年的老学校，被我们改造成了菜籽沟的文化中心——木垒书院。

现在，已经有几十位艺术家落户菜籽沟，他们大都是我的朋友。我打电话说发现一个荒弃的老村子，几万块钱就能买一个老院子，赶快认领一个做工作室和养老。他们都信任我，卡号发去钱便打过来。待春天雪消后开车来村里一看，都喜欢得不得了，没见过这么美的村子，没想到会在这么完好的古村落里有了一院自己的房子。本来要拆了卖木头的老院子，就这样在艺术家的妙手中获得新生。那些老宅院变成一件可以居住生活的艺术品。先入村的艺术家又引来更多艺术家。我们在村里成立了菜籽沟艺术家村落，我当村长，自己任命的。我任命村委会书记为艺术家村落副村长，归我管。村委会姚书记当了几十年村干部，当老了，在村里威信高，他带头动员村民把房子卖给我们。他给村民说，艺术家来了，对我们的下一代有好处，以后我们的娃娃会变得有文化。村民说，我们都老了，哪会有娃娃。

确实，去年菜籽沟所在的英格堡乡，只出生了两个孩子，我听了心里慌慌的，往后多少年，这些乡村只有走的人，没有来的。村里的老木活儿只剩下做寿房的，生意不断。书院请老木匠做一个大木桌，都推辞了，说赶做寿房呢。有几个老人病卧床榻，眼看不行了，家人过来看了板子，交了押金，催着快做出来。那个活儿等不得，人说没有就没有了，不能到节骨眼儿上活儿没做出来。只要村里有红白喜事，不管谁家的，邀不邀请，我们都过去随个份子，参加一下。今年书院随了几千块钱，多半是丧事。我们院子后面住的老太太就是上个月不在的，我好像都没见过她，没来得及和她照个面、打个招呼说句话，她就不在了。外面亲戚来一大堆，小车把路都堵了。去世的老人把走远的亲人都召回村子，好多菜籽沟的年轻人回来了，孩子回来了。他们回来看见我们在破败的老学校里修建的木垒书院，在荒弃的民宅上改造的艺术家工作室。他们一定不会想到，在他们离开菜籽沟的好多年后，一群艺术家入住村子，在他们的家乡过起日子。他们扔掉的乡村生活，被另一些人捡起来。

我们改造书院老房子，尽量雇用村民。今年村民从书院挣走了一百多万元劳务费。能雇来干活的都是六十多岁的老人，干一天泥活一百五十元工钱，也不便宜。那些村民从不觉得自己是老人。这些改造老房子的活儿，也只有他们会干。

在菜籽沟的第一年秋天，书院种的三亩洋芋丰收了，得挖个大菜窖。雇两个六十多岁的村民，说好价钱六百块钱挖好菜窖。我坐在坑沿看他们往上扔土，其中一个仰头看着我，说："老人家，你这么大年龄了，还到我们沟里来创业。"

我说："老人家，我是来这里养老过日子的。"

其实我才五十三岁，他们怎么看出我比他们还老呢。他们活得忘掉年岁了。本来这个菜窖他们计划两天挖好，一人一天挣一百五十块。结果挖了四天，干赔了。

村里许多老人都不知道自己老了。路边见一老者，提镰刀从坡上下来，腰直直的，气不喘。问：多大啦，还割麦子。答：九十岁了，一天割一亩地麦子没麻大（新疆话：没问题）。问：

干这么多活累吗。答：也不觉得。

不觉得就已经老了。老了也不觉得。

我们认领了一个别人的家乡。不管是我们认领了它，还是它收留了我们，都不妨碍我们在这个村庄里延续自己的乡村之梦。

村民对我们在菜籽沟的一举一动都非常好奇。诗人小陶在沟里头收拾出来一个院子，经常有画家住到她家画画，那一片的村民几乎都去串门参观。书院的修建和改造也引来村民观看。村民说，你们修这么大一个书院，鬼来上学？村里小学二十年前就卖掉拆了木头，破墙圈还在。中学荒废了十几年，变成羊圈。

我们确实也不知道修这么大一个书院干啥。只是觉得这么大一个老学校荒了可惜，就买下来；村里那么多的老宅子拆了可惜，就买下来。买下来的第一年，几乎啥都没干，想了一年，才想清楚要干啥。

区旅游局的领导来看了菜籽沟，很感慨，说这个老村庄能保留到现在，太难得，要我一定先保护好，慢慢来，别让变了样子。我说，我们或许没有能力让菜籽沟有多大变化，但肯定有能力让它不变化。

不变化是我们对这个古村落的承诺。可是，我们已经阻挡不了它的变化。

当初我们入驻菜籽沟时，就跟村委会签订有七十年的独家经营权，由亮程文化工作室来保护、宣传、建设这个行将荒废的村庄。合同约定了我们的投入：在未来五年内，吸引百位艺术家入村建工作室，将菜籽沟打造成新疆最大的艺术家村落；将木垒书院建设成新疆最大的国学书院；帮助村上筹集资金修村道，改造危旧房屋；原址复建土地庙、山神庙、龙王庙等，把菜籽沟打造成旅游文化名村。

这些承诺都在一一落实。

第一年我们从县上争取了近一千万元拔廊房保护资金，给每户补贴一万八千元，修缮老房子。结果干了件坏事。这些钱的用途上级建设部门有严格规定，必须花在换门窗、换前墙、铺房顶油毛毡上，不然报不了账。好多老式木门窗被拆了，换上廉价又难看的塑钢门窗。建设部门只考虑让农民的门窗保暖，却不考虑老门窗正是这些老建筑的文化脸面，就这样破坏了。还有，给老房子换前墙说是为抗震，一个四面土墙的房子，仅仅把前墙拆了换成砖的，其他三面还是土块的，抗什么震？个别老房子的老脸面也这样毁了。

村里的道路已经立项规划，2016年动工修建。这是村民期盼的大好事。

设立"丝绸之路木垒菜籽沟乡村文学艺术奖"，也是件大好事。木垒书院每年筹集一百万元，奖励对中国乡村文学、乡村绘画、乡村音乐和乡村设计做出杰出贡献者。今年是首届，奖励给乡村文学。明年奖励乡村绘画。用评委李敬泽的话说，"它是中国最低文学艺术奖，因为低到了土地里，它也是中国最高文学艺术奖"。这个奖会一年年地办下去，偏于一隅的木垒菜籽沟，每年会有一个时刻被中国诸多媒体所关注，成为小小的一个中心。

我们还筹了点钱，想先把村里的土地庙复建起来，我们要在这里动土建筑，得先给土地念叨一声。以前村民盖房子，动土前都先给土地神烧香。村民知道自己村子的土地先是神的，后是村委会和土管局的。土管局领导来，我说在这儿建个土地庙，给你招呼一声。领导说，我们都先给人家（土地神）招呼一声。

村民得知我们要修庙，有的说要捐一根木头，有的说白干两天活。菜籽沟村以前有土地庙、山神庙、龙王庙、佛寺，都毁了。在过去的几十年里，一次次的运动，从这个村庄拿走太多东西，我们希望能够归还一些东西给村庄。

现在，菜籽沟木垒书院已经修建得像个学堂了。我们筹备冬闲时开培训班，先给村民上课，让他们懂得如何保护、利用自己的老房子做民宿客栈，不要让城市淘汰的建筑垃圾进到村里。我们还希望培训县、乡干部，给他们上国学课，上乡村文化课，让他们知道乡村的价值所在，在规划改造乡村时手下留情，别再把有价值的东西毁了。乡村是中华文化的厚积之地，懂得乡村方能保护发展好乡村。国学其实就是中国百姓的生活学问，早已被村民们过成日常生活。知识分子把儒学当学问，只有农民，老老实实把儒学当家学，用它治家过日子。中华文化所以延续几千年不断，是因为文化根基在乡村，朝代更替只是上面的事，乡村层面是稳定的。

在菜籽沟，每个农家宅院里，都包含着丰富的中华文化精神，从房屋建筑，到家庭居住安排，都有讲究。内地传统的拔廊建筑，向西传到新疆菜籽沟，一路丢失，简易成一排廊檐土房子，但规矩依旧，正门进去，两厢分开，长者住上房，房顶的木梁也是大头朝东，南北横着担子小头朝南，南是万物生长的方向。不管家人识不识字，儒家文化都统管着家庭，长幼孝悌，这是活的儒学，早已成为村民的生活方式。

还有家畜，也是这个宅院的重要成员。

一个农家院子，其实也是一个人与万物和睦共居的温暖家园。院门对着是狗窝，狗看门。狗窝旁是鸡圈、羊圈、猪圈。

我们和它们一起生活了几千年。改造一个老宅院，要知道保留那些古老生活信息，旅游就是回家，一个完整保留着人与万物共居的丰富家园，谁不想住一宿呢。2016年，我们会选二十户有条件的村民家做民宿客栈，由书院和艺术家免费帮农民做设计，争取县、乡资金扶持。

这个村庄的命运，也许真的被我们改变了。以前村里只有一个小杂货店，现在开了好几个农家乐。每到周末游人络绎不绝，来写生创作的画家一拨一拨住进村里。我们书院的藏书阁、菜籽沟美术馆、乡村酒吧、民宿客栈，都列入修建规划即将付诸实现。菜籽沟真的活过来了，一些搬走的村民又迁回来。我们这些外来者，也将面临跟村民的诸多矛盾。我们认领了一个别人的家乡。我们将在这个村庄里没有户口和合法宅基地的情形下居住下去。乡村，或许只是飘浮心中不肯散去的一朵云，那朵云里蓄积着太多我们关于家园的理想，自《诗经》开始，这个家园便被诗意地塑造在地上和云端。怀揣古老的乡村梦想，或许我们到达的只是现实中的一个农村：菜籽沟。不管是我们认领了它，还是它收留了我们，都不妨碍我们在这个村庄里延续自己的乡村之梦。

（根据首届"丝绸之路木垒菜籽沟乡村文学艺术奖"

颁奖典礼发言修改整理）

一个人的自言自语

一、心灵关系

作家需要建立起自己跟一个地方的心灵关系，阅读使我们跟那些存在于历史中的伟大心灵取得联系。文学艺术是心灵沟通术。在平常生活中，我们的社会有诸多渠道和民众沟通，而作家直接用心灵交流。这是一种古老但永不过时的交流方式。

文学的懂是一种心灵感受。而许多读者用价值判断取代心灵感受，这或许已经偏离文学。

二、活成一个地方

作家须将自己活成一个地方，而不仅仅是活成一个地方的人。在他身上有一个地方的气候。他在风声中找到语言，从光阴和季节交替中找到文学叙述。向历史和自然学习，接受时间岁月的教育，与万物同欣悦共悲悯。

三、内心生活

文学是作家的内心生活。那些在内心发生，没有付诸现实的生活，被文学实现了。我有时在聊天时讲年轻时经历的事，总有人说，你经历的生活太有意思了，怎么没写进书里。我说，凡是我能说出来的，都不会写成文字。那只是一个故事，尽管真实可信，讲出来也好玩。但是，这个故事太实在了，它没有生长出更多的意义。所以它还不是文学。

我要写的，必定是说不出来，也没法跟别人去说的那些事情，是不可言之言。

或者，即使写一个亲身经历的故事，这个故事也是在时间中长成了另外一个。一个作家的内心，是可以养育故事的。把一个小故事养成一个大的心灵事件，便可以写出来了。

四、人类的往事

年轻人有未来，老年人有往事，在时间的两个方向上，我们获得了生命的双重意义。我们匆匆忙忙往前走，但那些往事会回来。我相信人的灵魂长在后脑勺上，人往前走，魂朝后看。

文学艺术是人类的往事，是眼睛朝后的魂所看见的。

五、文学的完成

什么叫文学的完成？我个人认为，一部文学作品，不论长与短，它只要完成了一种精神故乡的意义，这部作品就算完成了。

一个作家建立起来了自己完整的精神谱系，让读者的心灵可以安放其中。哪怕空间很小，哪怕这样的书写是一个村庄、一个城市的一个角落，甚至是一片树叶。

六、作家和读者

作家可以不断地完善自己。但是读者往往对作家的完善视而不见。读者不欣赏你的成熟，欣赏的是你最初的那种冲动，那种内心的盲目的、茫然的、不知所措的冲动。作家茫然不觉时已经把最好的作品给了读者。读者还想要更好的。有时候作家和读者是相互偏离的。作家常常想要把活儿越干越好，每一部作品都打造成一个精品，而这或许不是读者需要的。你在一件玉雕作品上再多动一刀，少动一刀，读者对这个视而不见。他要的可能还是你最初给他的那些。但你没有了。或者变化了。这是两种愿望和追求。读者的阅读愿望和作家的写作愿望是两回事，所以可以互不理睬。读者可以不理睬作家，你写得再好是你自己的事情，我可以选择去读别的新作家。作家也一样，他也在选择读者。

七、写作和阅读

写作独立于阅读之外。阅读只是读者跟作品的相遇。

作家不需要过多地为读者着想。当然，你要写一部畅销书，首先考虑的肯定是读者群，你的读者是谁，你在为谁而写作。但是，我确实不知道我的读者是谁。尊重读者的唯一方式是你的作品的品格。

八、自言自语

我觉得自言自语是一种最好的说话方式，《一个人的村庄》这本书就是一个人的自言自语，旁若无人，旁若无天，旁若无地。一个人在荒芜之地对着空气就把一本书说完了。

自言自语是最本真的文学表达，他言说的时候，不会想象对面有耳朵在听，他只会自己在说，自己在听。有记者问我在写作的时候会不会假设潜在的读者，我说不会。因为我不知道谁在读我的书。即使我知道我也不会为谁去写一本书。这就是一个作家的清高，一个作家的孤傲。当一个作家清高孤傲的时候，他对读者才是尊重的。因为他为自己高贵的心灵写作，他自言自语，说给自己的语言，才会说到别人心里。

九、虚构

任何一种写作，哪怕它是写自己的真人真事，它也是虚构的，它首先要把自己的第一人称虚构出来。当我开始写散文时，文章中的第一人称"我"，其实已经脱离开了自己，整个状态已经是不一样的。写作是一种状态，它不同于生活状态。作家进入写作状态的时候，自己已经变成了一个文学人物。那种情绪已经是文学化的。尽管里面有一些故事是现实的，是真实的，但是它被这种情绪推动的时候，整个故事是虚构的，是飘起来的。像神仙一样。神仙看起来是地上的人，但是把他放到云上，他就成为了虚构的人，变成神仙了。文学写作也是这样的。

十、最高的虚构

文学是虚构的，但不是虚无缥缈的，它跟大地、跟自己的血脉有千丝万缕的关系。最高的虚构必定有一个根深蒂固的大地在支撑，是大地上的花开，大地上的云来云往、风起风落。但是现在这种情况，虚幻的东西太多了，提出这样的一个"非虚构"理念，也是在矫正这些东西。

十一、非虚构

非虚构是文学向新闻通讯的投靠。作家丧失了虚构能力之后，他会向非虚构投靠，他认为现实的力量更强大，去找一个现实题材，去书写现实更有震撼力、更真实。这恰好是作家犯的一个错误。作家丧失了虚构的能力，失去了对世界的想象。《南方周末》每一篇文章都是非虚构，每一个事件都非常震撼人，但这不是作家干的活，这是记者干的活。作家干什么？作家是从现实事件结束处开始写作。

十二、原创

任何一种生活都可能被写成经典，一事一物皆可入文，只是我们对这种生活不认识，我们只知道它的皮毛，不知道它的内涵。

题材能决定一部作品？一个作家找到了一个好题材，就能写成一部好作品？我觉得不是的。真正的文学创作，连素材都是原创的。只有原创的素材才能成就一个原创的伟大作品。哪一个伟大的作品借用一个典型的题材了？《红楼梦》是谁给曹雪芹的素材？他的成长经历，也是他原创的。

十三、写作的最佳状态

写作的最佳状态是一句句地拨开自己的黑暗，而不是自己明明白白，给读者拨云见日。作家被"无知的智慧"引领，朝那个黑暗处走去，冥冥中似有一盏遥远的灯在召唤，你只是朝着它走，读者欣赏的是你的茫然、矛盾、焦虑、绝望和希望。你无所谓往哪里去写，写到哪里都是好的，因为不知道目的，所以处处是目的，没有路，所以遍地都是路。

我写《一个人的村庄》时，也是这样一种状态。我只知道第一句是什么，不知道最后一句是什么，我只是朝着一个"感悟"的方向去写，而不是朝着一个"意义"的方向去写。我写作也从来没有先起一个名字再写作的，每一篇文章都是无名的，写完以后，顺手摘文章中的一个句子放到前面，就算是名字吧。

十四、规避缺点

刚开始文学写作时，我是一个很不自信的写作者。我看那些优秀的文学，觉得这辈子可能永远写不了这么好。所以一开始就没把自己当成一个多么出色的作家，只是一篇一篇去写，在写作过程中，我发现我把好多自己的缺点规避了。

每个作家都有自己的缺点或短处，他只是不把这个示给别人。"文"就是花纹，作家靠文字的花纹可以把自己的缺陷掩盖起来。或者他天然就懂得去绕开自己的缺点，呈现所长。再或者说，他有办法让缺点成为特点——我的许多缺点其实都变成特点了——他只呈现他能够呈现的，不去碰他碰不动的东西。他不用鸡蛋碰石头，他用石头去碰鸡蛋。一个成功的作家，天然知道选择去做自己能做好的事。什么叫好？就是干了自己能干好的事就叫好，而不是干了自己干不好的事情，那样好事情也会干坏。

十五、结构

《凿空》是散点式结构。它符合乡村生活的散漫，适合散漫地去看。我不喜欢写极端的东西，不喜欢把人物的命运，放在一个自己勾画得严丝合缝的故事中，去压榨人性。我认为所有极端的描写都是压榨人性，他把人性放在一个他设置的叙述机器当中，靠节奏、靠故事的推动操控人物的命运，压榨人性。

我不喜欢这样。我喜欢把人物放在一个相对松散、自然的环境中，让人性缓慢盛开。我认为人性在常态下的盛开可能才是最真实的。

十六、灵感

作家怎么可能靠灵感去写作呢。你在那等灵感，等一年半载不来，等到五十岁还不来，不啥都耽误了吗。必须把灵感变成自己的常态，时刻都有。那个跟自然万物接通的心灵之窗，要时刻开着。世上万千路，我与世界却只有一条心灵通途。

作家是把灵感变成常态的人。

十七、神来之笔

所谓神来之笔，就是你的气息跟其他事物的气息连通了。我一直提倡作家的信仰应该是万物有灵。作家须有一颗与万物说话的心灵。

十八、声音

我有敏感的听觉。而听觉又容易化为幻觉，那些声音出现、消失，了无痕迹。早年我生活在沙漠边的村庄，四周荒野沙漠，听到的声音都远，那个村庄也远在世界外面。尤其风声，远远地刮来又远远地刮去。后来我写作时，脑子里总有一些声音远远响起，我不知道那些声音是什么，但又分明知道。我的写作仿佛是循着那些早年隐约听见的声音，去找到一个又一个故事。文字的到达，便是与万物的神通。

十九、方言

回到方言就像回到母亲温暖的怀抱。你可以那样说话，那种话更贴切，那种语言环境更容易把自己所要表达的东西说清楚。但是，方言也有其局限，一个有鲜明语言风格的作家，他创造自己的文学方言。他有自己语词系统、抒情调性、修辞方式。他用自己的语言说话。

二十、脏话

我从小到大，村里牲口比人多，我跟牲口处的时间比跟人处的多，村民拿牲口骂人，但是我的话语系统中半个脏字都没有，一点不儒雅的东西都没有。我写驴都"黑而不脏""放荡却不下流"。

我对脏话的理解是：当全社会都讲脏话的时候，文人要自洁，用干干净净的语言说话；当全社会的语言都干净时，文人要把脏话捡回来。脏话是最过瘾的话，谁不想脏呢？

二十一、风格

我年轻时有人问我，那么早形成自己的写作风格，是怎么形成的？我说，是我家乡的风吹的。风把我的脑子吹成这样，说话和想事情，都不一样了。

现在我不会这么说。年轻时可以漫无边际地去说话。但是，慢慢你就知道自己是怎么回事了。你家乡的一场风，把多少人刮成偏头疼，他们怎么没成为作家。肯定是这场风之外，内心还有另一场风——你上的学，读的书，长的见识——那是古今人类智慧的风，刮到你这里，使你有别于他人。

二十二、传统

在写作过程中，你一定会慢慢地明白，你的气息跟哪一个前人的气息连接在了一起，你能接着他的思考去思考，接着他的想象去想象。你在传承一颗古老心灵的温度。这就是传统。

要认传统。我年龄大，知道我在传统里，哪怕我是再有独特风格的作家，我都会说我是在传统里，我没超越人类文学艺术的大传统。传统是一脉气息，只是这文脉在你身上不曾中断，延续成另一样气派。

二十三、自信的作家

不自信的作家都是怕别人不懂。自信的作家都是自言自语，不管别人懂不懂。自言自语是一种最好的状态。眼睛朝天，说地上的事情。《一个人的村庄》就是一个人的自言自语，《虚土》也是。

写散文的人很多，从古到今都很多，散文名篇也很多，但是像我这样用散文去完整地呈现了一个村庄世界的散文家不多，所以就这一点我是比较自信的。面对一个已经完成的世界，我觉得怎么评价都是可以的，因为它自成体系。

二十四、闲

我说的闲，是人在生活和自然中的一种自在心理。该是什么就是什么，该怎么样就怎么样，天下雨了就下雨了，一个人自在地接受自然的变化。然后，接受命运给他的整个人生。

陶渊明是去找闲，寻一个世外桃源，到那儿去创造闲，他那种闲是造出来的。我这种闲自在自然，像有一阵没有一阵的风，不知从何而起，又不知道从何而终。

闲是一种很高的境界，我在文字中创造的闲，不能等同于村人的闲懒。乡村无大事，若要闲事成趣，也不是几句闲笔可以实现。

我的散文都是些闲散文字，供人消闲，不能让自己累，也不能让别人累。所以，文学中就要放弃功利，放弃对错，放弃好坏，放弃大小。用你的心重新去感知认领这个世界。

这样的文字所留下的，不过是人的心灵在这些平常事物中的自由自在。

二十五、庄子

一般人读庄子，把他当作一门深奥的哲学。我读庄子，一看就懂了，那是一种内心状态。

这种状态一般人也有，你到村里面，去和那些老头们聊天，你会发现，村里面满墙根坐的都是"庄子"，只是你不屑于去读那些老头。那些老年人经世那么久，满脸沧桑，眼睛放着童稚的光，对过往行人充满好奇，你坐在那里，偶尔听他们说两句话，那都是至理名言。

二十六、认领

人需要认领的东西很多，尤其到了中年，尤其是我们看了那么多外面的世界，读了那么多外面的书之后，回过头来，需要朝着自己的家乡回望，朝着自己的过去回望，朝着养育过自己的乡土回望，而这些都需要认领。按照我们村里人的说法就是，上半生朝外走，下半生朝家回，人的腿总是一长一短，走着走着，就转圈回来了，不用谁来喊你。

去认领那些早年经历又没有认真对待的事物，因为你只有回过头来看你的生活的时候，这种生活才有意义。我理解的文学，是对人生的第二次回望。第一次经历是新闻，只有第二次回望的时候才叫作文学。《一个人的村庄》是我在城市，在乌鲁木齐，对我早年生活的一场漫长回望。回过头来看早年的生活，你才发现生活如此不一样，跟你早年的生活完全不一样。仿佛重回人间，早年的匆忙中遗忘的太多东西，被捡拾起来。

二十七、乡愁

乡是家乡故乡，是乡村文化在我们心中代代积累。乡愁则是我们中国人共有的特殊情绪。

乡愁首先是一种文化情怀，从诗经时代，我们就开始怀乡，之后的楚辞汉赋、唐宋诗词，一直到现在，怀乡精神充满了中国文学。假如把怀乡从古诗词中去掉，那么我们的古典文学会逊色许多。这是我们的传统，一个"愁"字，千肠百结，千古传唱。

其次是城市人在乡愁，愁的是被扔在远处的家乡。他们怀念小时候的村舍、玩伴、青山绿水。从童年、少年走到了中年、老年，岁月远去，时间之河，将乡愁倒流回来。

我从小就有乡愁，即使生活在乡村，但是时间远去，童年不再，岁月催人老，这些东西都容易产生乡愁。一个人在世间漂泊的感觉，它更多的跟你的家乡没有关系。家乡不动，时间流逝，人不知不觉到了远方，这就是乡愁。

二十八、故乡

故乡对中国人来说具有特殊意义，它是身体和心灵最后的归宿。当我们老的时候，有一个最大的愿望便是回乡。叶落归根。懂得自己是一片叶子时，生命已经到了晚秋。年轻时你不会相信自己是一片叶子。你鸟一样远飞，云一样远游。你几乎忘掉故乡这棵大树。但死亡会让人想起最根本的东西。我们所有的宗教均针对死亡而建立，宗教给死亡安排了一个去处。一个人面对死亡太痛苦，确定一个信仰，一个"永生"的死亡方向，大家共同去面对它。儒家文化避讳死亡，"未知生，焉知死"。死亡成了每个人单独面对的一件事情。这时候，故乡便成为身体心灵最终的去处。从古至今，回乡一直是中国人心灵史上的一大风景。

二十九、时间

我关注生活，其实我是在关注时间，关注人在时间中的年轻和衰老、希望和失望、痛苦和快乐，人在时光中的无边流浪。我在《一个人的村庄》里写到，一根木头在时光中开裂，一根木头经过几十年的岁月在某个墙角慢慢地腐朽掉。在这个过程中，时间成为了一个关注的焦点。伴随时间的这些人和事物，成了配角——时光里的随波逐流者。

三十、来世

我当然愿意相信有来世。那个来世可能不是佛教的六道轮回，也不是基督教的天堂地狱，它是我们留在世间的无限的念想，或者是那一丝灵魂的余温。

三十一、我

在平常生活中，我是一个看上去不太快乐，但是内心还是常有欢喜的人。我没有那种特别激烈的情绪，别人看我老觉得我不爱笑，愁眉苦脸，其实我内心是欢喜的。

我喜欢走路、晒太阳、冥想。都不用花钱。爱好手工活，又不太喜欢动手。写作是一个不爱动手的人的理想工作，所有想法在文字里实现。当然，如果仅冥想而不写成文字，最好。

像一朵山谷野花，在夜里嫣然开放，又悄然凋谢。不去管一山谷都是她的芳香。当然，花谢后会结果，结果是一件麻烦事。花朵是一个梦，从芬芳虚空坠落成一颗坚硬果实。

三十二、写作习惯

对一个作家来说，文学创作只是一种状态，就像我现在的生活，上午写作，下午或许就在菜地锄草。文学教会了我一种感受生活和觉悟生活的方式和能力，并不能让我变成另外一个人。

我一般都是早晨或下午抽点时间写写东西，有时候不写，就是打开电脑看一看那些文字，还在那儿躺着。就是时刻关照它，不要断了联系。有时候好久不写，也打开看一看，里面写了一半的文字，停在那里。我写得很慢，慢也是闲人的一种生活态度，时间都是被慢人拖延住的。

三十三、文学启蒙

最早给了我文学启示的，可能是我的两个父亲。先父是传统的旧人，写一手好毛笔字，会吹拉弹唱，能号脉开医方，能捏骨治病。在甘肃老家时，先父是县城关小学副校长，拿国家工资，一九六一年携家带口逃饥荒到新疆，落魄到新疆沙漠边一个村庄。他跑得太远了，把自己和我们一家人逃荒成了农民。但他从老家带来了中医书，我最早看到的书，是家里那些泛黄的医书，看不懂，但隐约知道那些文字能治病，能救人。

先父在我八岁时不在。几年后母亲带着我们到了后父家。后父不怎么识字，但会说书，也不知从哪听来的，他说《三国》《杨家将》《薛仁贵征西》。那些漫长的夜晚，在昏暗的油灯下，我们聚精会神听他说书，他讲的那些书里的故事，后来启发了一个写书的人。

那时我生活的村庄虽然偏远，但有一些天南海北的文化人流落到村里。他们带来了书，线装本、竖排、繁体字的老书。我小时候有幸读到几本，几乎都没头没尾，破烂成半本书。那书在村里传阅了多少年，从一家到另一家，最后到了我手里。多少年后，我写《一个人的村庄》时，常想起小时候读过的那本前后撕掉多少页、没头没尾的书。我想写的也是这样的一本书，前后被我撕掉多少页，它无始无终，但孤独自足。

本书入选语文教材、语文试题篇目

一、入选语文教材

1. 《今生今世的证据》入选苏教版高一语文必修教材

2. 《寒风吹彻》入选苏教版高二语文选修教材《现代文阅读》／粤教版高中语文选修教材《中国现代散文选读》

3. 《走向虫子》入选北师大版八年级（上）语文必修教材

二、入选语文试题·现代文阅读

1. 《远离村人》入选江苏省常州市 2018 届高三语文上册期中试题

2. 《最大的事情》入选江苏省连云港市 2016 年中考语文试题／冀教版 2019—2020 学年七年级上学期语文期末考试试卷

3. 《人畜共居的村庄》入选浙江省温州市 2019 学年第二学期"温州新希望联盟校"九年级第一次联考语文试题／人教版 2019—2020 学年七年级上学期第一次月

考语文试题（II）／陕西省西安市临潼区 2020 届高三第二次模拟考试语文试卷

4.《住多久才算是家》入选语文阅读训练及备考题库

5.《别人的村庄》入选语文阅读训练及备考题库

6.《我改变的事物》入选语文阅读训练及备考题库

7.《树会记住许多事》入选安徽省皖北协作区 2018 届高三下学期联考语文试题／江西省南昌市第十五中学 2019—2020 学年高三冲刺模拟语文试卷／新疆乌鲁木齐地区 2020 年高三年级第二次质量监测语文试卷

8.《老根底子》入选浙江省杭州市余杭中学、萧山八中、富阳新登中学、临安昌化中学 2015 年高三语文期中联考试题

9.《高处》入选语文阅读训练及备考题库

10.《走近黄沙梁》入选江苏省苏州市新草桥中学 2019—2020 学年高一语文上学期 12 月月考试题

11.《好多树》入选 2019 年福建省莆田市高中毕业班教学质量检测语文试题

12.《留下这个村庄》入选湖南省娄底市 2019 年高一语文期末调研测试题／四川省达州市普通高中 2018 届高三语文第一次诊断性测试试题

13.《今生今世的证据》入选四川省宜宾市第四中学 2018 年秋高二期末模拟考试语文试题／重庆市第一中学 2018 届高三上学期期中考试语文试题／上海市长宁区 2020 届高三（二模）在线学习效果评估语文试题／

四川省 2020 学年高二语文上学期期末模拟考试语文试题／广东省中山市 2020 届高三第二次联考语文试题

14.《扛着铁锹进城》入选粤教版 2019—2020 学年高一语文上学期期末考试试题（II）／广东省 2020 届高三语文二轮专题卷散文阅读（一）

15.《城市牛哞》入选 2014—2015 学年浙江省高一上学期期中考试语文试卷／深圳市龙岗区 2014—2015 学年高一第一学期期末学业评价语文试题

16.《通往田野的小巷》入选浙江省台州市书生中学 2015—2016 学年高一上学期期中考试语文试题

17.《最后的铁匠》入选甘肃省 2018 届高三第一次高考诊断考试语文试题／内蒙古巴彦淖尔市 2019 年中考语文试题／内蒙古包头市 2019 年中考语文试题／浙教版 2019—2020 学年八年级下学期语文期中考试试题

18.《永远欠一顿饭》入选天津市河东区 2018 届高三第一次模拟考试语文试题

19.《木匠》入选 2015 年浙江省湖州市高三教学质量调测语文试题／河北省博野、定州、安国、蠡县 2016—2017 学年高一下学期期中联考语文试题／河北省石家庄市普通高中 2017—2018 学年高三第一学期 10 月份月考语文试题／安徽省肥东高级中学 2019—2020 学年高一语文下学期第二学段考试试题

20.《我另外的一生已经开始》入选安徽省江淮名校 2015 届高三第二次联考语文试题／江苏省扬州中学高三

语文上学期质量监测试卷／甘肃省天水市 2015 届高三上学期第二次联考语文试题／上海市 2020 届高三语文上学期期末调研测试试题

21.《乡村是我们的老家》(试题篇名为《故乡》)入选人教版初三语文上册第三单元检测试卷／江西省会昌县中村初级中学九年级语文上册第三单元综合测试题；(试题篇名为《弯曲的乡土路》)入选阅读训练及语文备考题库

22.《认领菜籽沟》入选人教版 2019 年中考一模(上学期期末)语文试题(I)卷／人教版 2020 年(春秋版)八年级下学期期末语文试题 A 卷(测试)／人教版八年级上学期期末模拟考试语文试题／苏教版九年级上学期期中联考语文试题